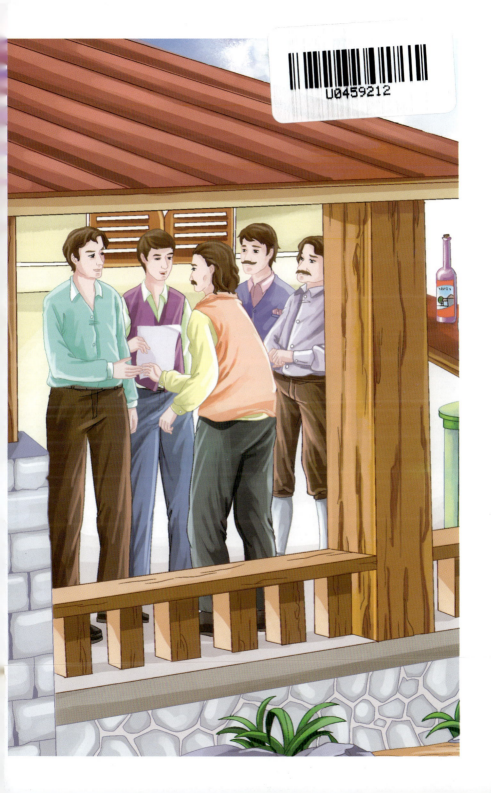

我是能自控的小孩

徐银玉 \ 编

广东旅游出版社

中国·广州

图书在版编目（CIP）数据

百分百小孩：彩插图文版．我是能自控的小孩／徐银玉编．— 广州：广东旅游出版社，2016.10（2017.3 重印）

ISBN 978-7-5570-0498-9

Ⅰ．①百… Ⅱ．①徐… Ⅲ．①故事课－学前教育－教学参考资料 Ⅳ．① G613.3

中国版本图书馆 CIP 数据核字 (2016) 第 224514 号

出 版 人：刘志松
责任编辑：方银萍
内文设计：张志锋
内文插图：张小馨
封面设计：彭嘉辉
责任技编：刘振华
责任校对：李瑞苑

广东旅游出版社出版发行
（广州市越秀区环市东路 338 号银政大厦西楼 12 楼　邮编：510060）
邮购电话：020-87348243
广东旅游出版社图书网
www.tourpress.cn
武汉鑫佳捷印务有限公司
（武汉市江夏区藏龙岛科技园九凤街 6 号）
880 毫米×1230 毫米　32 开　4 印张　2 插页　102 千字
2017 年 3 月第 1 版第 2 次印刷
定价：10.80 元

前言 FOREWORD

　　现代家庭教育的难题，很大程度上来自于对旧有价值观念的打破。当我们有着相对单一且普遍认同的价值标准时，我们知道什么叫成功，也知道想要获得成功可以采用哪些办法。然而，随着价值观的不断多元化，今天的我们越来越不清楚什么叫作真正的成功，我们再也不可能信心满满地说出"棍棒底下出孝子"的古训。

　　所幸越来越多的年轻父母乐意为孩子的幸福童年——而不仅仅是远大前程——付出时间和精力，他们努力地在育儿书籍、网络平台、线下课程中寻求着育儿的"千金良方"。可无论是充满激情的"教育唤醒心灵"，还是行之有效的行为塑造，摆在年轻父母面前的难题常常还是自己的一厢情愿和孩子的无动于衷。似乎父母的努力学习和实践，并不能真正地带动孩子主动成长。

　　看过很多励志书，也见过很多成功事例，每个主人公的成长路总有些东西激励我们前进。每个人都不想成为失败者，然而现实中一个又一个人妥协和屈服了，在最好、最应该奋斗的青春年华走了弯路，为自己今后的发展挖了个大坑。

新东方创始人俞敏洪曾说过："青春其实跟三个'想'有关，叫作理想、梦想和思想。如果我们能够坚持自己的理想，追逐自己的梦想，并且探索自己独立的思想，我们的青春就开始成熟了。"

任何人都有一段路需要自己走，而理想、梦想和思想是这路上的光，是我们能够坚持下去的依靠。有阴影的地方，必定有光。如果你躲在阴影里不出来，就会成为它的一部分；如果你走到光下，就能看到更多的路。成长中，我们更应该看到希望，拥有爱，点亮爱，传递爱！

每个人心中都有光，只要你愿意照亮外界，温暖别人，就会有更多光照亮你自己，获得更多温暖。当你为美好而努力奋斗时，总有一天世界会转身爱你。

编　者

目录 CONTENTS

再小的错误都需要纠正

他的父亲只是一名贫穷的油漆工，仅仅靠着微薄的打工收入供他念完高中。这一年，他有幸被美国著名学府——耶鲁大学录取，但是，他却因为缴纳不起大学昂贵的学费，面临着辍学的危险。于是，他决定利用假期，像父亲一样外出做油漆工，以期挣够学费。他到处揽活，终于接到了给一栋大房子刷油漆的任务。尽管主人是个很挑剔的人，但给的价钱不低，不但能够让他缴清这一学期的学费，甚至让他连生活费也都有了着落。

这天，眼看着即将完工了。他将拆下来的橱门板最后又刷了一遍油漆。橱门板刷好后，再支起来晾干即可。但就在这时，门铃突然响了，他赶忙去开门，不想却被一把扫帚给绊倒了，倒了的扫帚又碰倒了一块橱门板，而这块橱门板又正好倒在了昨天刚刚粉刷好的一面雪白的墙壁上，墙上立即有了一道清晰可见的漆印。他立即动手把这条漆印用刮刀刮掉，又调了些涂料补上。等一切被风吹干后，他左看右看，总觉得新补上的涂料色调和原来的墙壁不一样。想到那个挑剔的主人，为了那即将得到的酬劳，他觉得应该将这面墙再重新粉刷一遍。

终于，他累死累活地干完了，可第二天一进门，他又发现昨天新刷的墙壁与相邻的墙壁之间的颜色出现了一些色差，而且越是细看越明显。最后，他决定将所有的墙壁再刷一遍……

最后，就连那个挑剔的主人也对他的工作很满意，付足了他酬劳。但是这些钱对他来说，除去涂料费用，就已经所剩无几了，根本不够缴学费的。

不知怎的，屋主的女儿知道了事情的原委，便将事情告诉了她的父亲。她父亲知道后很是感动，在女儿的要求下，同意赞助他上完大学。大学毕业后，这个年轻人不但娶了那个屋主的女儿为妻，而且还走进了屋主所拥有的公司。十多年以后，他成为了这家公司的董事长。他就是拥有世界 500 强之一的沃尔玛百货公司的富商——山姆·沃尔顿。

教育提示

每个人都会犯错，有错并不可怕，可怕的是有错却不去纠正。小错也是错，如果你能做到一点儿小错都不放过，当然就能赢得别人的赞赏。反之，不管你看起来多么优秀，也不会有人真正喜欢你。

学会认清自己

在学校里，女孩的绘画技艺是出了名的，尤其是出自于她手的人物肖像画，更是形象逼真，呼之欲出。可是她和同学的关系总是磕磕碰碰的，不是嫌这位同学毛病多，就是嫌那位同学不好，总之，处处与他人格格不入。

难道都是同学们处处与自己作对吗？迷惑不解的女孩只得向妈妈请教。

妈妈没有正面回答她的问题，只是说："现在让我们来做一个实验，闭上眼睛，回忆一下我的模样，为我画一幅像吧。"

"这有什么难的？还不是像为别人画像一样？"女孩很不以为然地将双眼轻轻闭上，脑海中顿时清楚地浮现出妈妈的音容笑貌。她提起画笔，不一会儿，把妈妈惟妙惟肖地画了出来。

妈妈看了后微微一笑说："你再画一幅自画像吧。"

女孩还从来没有闭上眼睛替自己画过一幅像。她按着妈妈的要求想象一下自己的样子，当她把眼睛闭起来时,思维也顿时停滞凝固了。尽管知道自己穿的是什么衣服,还戴着一副眼镜,然而,奇怪的是无论如何也回忆不起具体的模样。

"天哪!真想不到这个世界上最不了解的人竟然就是自己。"女孩惊叹道。

"给别人画像,即使对方是一个陌生人,如果你能仔细观察,将其最细微的神态特征一一捕捉到,就一定能把他画得活灵活现。然而,画自己就不一样,不论你如何认真,也无法画好。"妈妈接着说,"怎样才能成功地给自己画一幅肖像呢?看来只有借别人的画笔,为自己画一幅像,再把自己当作别人审视和挑剔。"

女孩这才猛然醒悟,妈妈已经解开了自己心中的那团迷雾。

教育提示 JIAOYUTISHI

女孩的情况并不是个例,相信大家在生活中遇到过很多和女孩一样的人,他们总是数落别人的缺点和毛病,觉得这个世界上只有自己才是对的,没有人和自己合得来。这样的人实际上就是缺乏换位思考的能力,他们从来没有把自己放到别人的角度去看问题,所以既不能理解别人,也看不清自己。

投机者终会付出代价

在一个雪夜里，德国人鲍勃投机取巧驾车闯了红灯，最后被一个没睡着的老妪看到了。没多久，他就接到保险公司的电话："你的安保费从明天起将会增加1%。"

"怎么能这样？"鲍勃迷惑着。

"交通部门刚刚通知我们，说你闯过红灯。以我们看来，这种人不安全，因此我们增加了保费。"鲍勃思忖，既然如此我就退保，改投其他保险公司。可就算他找到其他保险公司，他们都说——必须增加他1%保费。这是因为，德国所有的保险公司通过网络查询，得知他曾闯红灯，因此所有保险公司都一样从事。

时间不长，妻子问他："老公，银行刚刚通知我们原来15年的购房分期付款变成10年，这是怎么回事？"

鲍勃立马打电话询问，对方彬彬有礼地说："很抱歉，这是由于你前几天有闯红灯的记录。"太太生气地说："啊！闯红灯？我们家本来就穷，你还不省心，谁惹的祸谁自己解决！"

一会儿，鲍勃的儿子放学回家就问："爸爸，老师让我立刻把学费交清，再也不能分期预付了。"

当儿子知道所有的事都是由于父亲闯红灯时，他一脸诧异："啊，爸爸，你竟然闯红灯！我就说同学们怎么都笑话我，我下周都不敢去读书了，丢人啊！"

更糟糕的是，鲍勃的老板也找到他，命令他换个部门，因为以前的工作需要人高度负责。尽管鲍勃以前干得不错，可如今他一定得让出职位——因为所有人都觉得他不会认真做事。这个德国人最后落到如此境地，仅仅是由于他闯了一次红灯。

教育提示

有些人做事情的时候总是想着怎样投机取巧，觉得这样做更能节省时间和精力，甚至向别人吹嘘自己多么聪明，殊不知这种行为正在慢慢葬送他自己，投机者往往是一些不负责任的人，没有人会喜欢这样的人，当他们为自己的投机行为自豪的时候，世人早已给他们打上了"不能信任"的标签，投机者终会付出代价。

穷人不能少了野心

　　法国富翁巴拉昂小时候生活在一个贫困潦倒的家庭，曾经流浪街头以讨饭为生。可后来在不到十年的时间里，他以推销装饰肖像画起家，变成了一个年轻的传媒大亨，迅速跻身于法国前50位大富翁之列。1998年巴拉昂因癌症在法国博比尼医院去世。临终前，他立下遗嘱，把近5亿法郎的财产捐献给博比尼医院，用于癌症的研究。同时，他还留下一个谜，要是谁能解开这个谜，就把剩下的100万法郎奖励给谁。

　　巴拉昂刚去世，他的一份遗嘱就在法国的《科西嘉人报》刊登了：

　　我曾是一个穷得叮当响的人，后来成了富人。在去世前，我不想把我成为富人的秘诀带走，这个秘诀现在保存在法兰西中央银行我的一个私人保险箱内，保险箱的三把钥匙在我的律师和两位代理人手中。如果哪个人能猜出"穷人最缺少的是什么"这个谜底，他不仅可以得到我的祝贺，而且可以拿走我私人保险箱中的100万法郎。尽管死后我已无法为他的睿智而欢呼，也无法请他共进晚餐。

这份遗嘱见报之后，《科西嘉人报》报社收到成千上万份的信件，很多人寄来了自己的答案，都希望能猜出这个谜而获得这份巨额奖金。

答案当然是五花八门：有的人认为，穷人最缺少的是金钱；有的人认为，穷人最缺少的是上帝的恩赐；有的人认为，穷人最缺少的是运气；有的人认为，穷人最缺少的是智慧；有的人认为，穷人最缺少的是富有的父母……总之，答案应有尽有。

一年以后，在公证部门的监督下，巴拉昂的律师和代理人按巴拉昂生前的遗嘱打开了那只保险箱。在5万多封来信中，有一位年仅9岁的小姑娘蒂娜猜对了巴拉昂的谜底。

蒂娜的答案是：穷人最缺少的是野心，即成为富人的野心。蒂娜理所当然地成为一个小百万富翁。

这个消息传开后，各大电台和报社的记者带着好奇心采访蒂娜：

"为什么认为是野心，而不是其他的答案呢？"

蒂娜说："因为每次我姐姐放学回家带回她的玩具时，怕我偷她的，总是警告我说不要有野心，不要有野心！所以我想呀，野心可能就是让人得到自己想要得到的东西。"

教育提示

　　相信社会上很多人都问过这样一个问题：我比他不差，凭什么他比我有钱？是啊，为什么别人比你更有钱呢？有人说他们运气好，有人说他们家境好，有人说他们人缘好……当你这样想的时候，你就已经把自己放在了和别人不一样的高度，如果你这样想的话，你在自己潜意识里已经觉得自己不如别人。是的，别人比你运气好、家境好、人缘好，但是为什么你自己不能成为这样的人呢？是害怕还是恐惧？是懦弱还是无知？其实和这些一点关系都没有，你都已经把自己当成了一个弱者，又如何够赶上或者超越别人。其实只要你敢想、有野心、敢去尝试，一切皆有可能。不敢想、不敢做的人，永远都只能活在自己的抱怨中，做一辈子的穷人。

不要为不值得的东西去烦恼

相传，6年前出山的弟子们相约去拜访自己的师傅。

望着徒弟们那一张张熟悉的面孔，师傅感到非常高兴，并问弟子们："出山几年了，你们近来怎么样啊？"

师傅的一句话，打开了大家的话匣子，大家纷纷诉说着世事的艰难、生活的不如意。"孩子不争气呀。""工作压力大呀。""商战不顺呀。""仕途受阻呀。"……一时间，大家满腹牢骚，仿佛都成了上帝的弃儿。师傅笑而不语，只是从房间里拿出许许多多的杯子，摆在茶几上。这些杯子各式各样，有瓷的、有玻璃的、有塑料的。有的杯子看起来高贵典雅，有的杯子看起来简陋低廉。

"徒儿们，不把你们当作外人了。你们要是渴了，自己倒水喝吧。"师傅不动声色地说道。

徒弟们早已口干舌燥了，便纷纷拿了自己中意的杯子倒水喝。

等他们手里都端了一杯水，师傅讲话了，他指着茶几上剩下的杯子说："大家有没有发现，你们挑选去的杯子都是最好看、最别致的杯子,而像这些难看的杯子就没有人选中它。"

"这也并不奇怪啊,谁都希望手里拿着的是一只好看的杯子。"徒弟们心里纳闷儿。

师傅说:"现在你们需要的是水,而不是杯子,但你们有意无意地会去选用好的杯子,而没有用心去品尝水。这就是你们烦恼的根源。"

教育提示 JIAOYUTISHI

人的欲望是一种很奇妙的东西,有些时候,我们明知道一些东西是没用的,或者是现在不需要的,但是我们依然会因为没有得到它们而觉得烦恼,似乎只有将整个世界都握在自己手中才能安心。实际上我们应该弄明白自己最需要的是什么,那些没用的东西对我们来说只是负担而已,如果你不舍得放弃那些负担,不舍得松开自己的双手,那就只能永远痛苦地活着。让我们放弃那些无关紧要的欲望吧,因为只有这样,我们才能活得轻松和愉快。

我们需要多点耐心

一个年轻人翻山越岭来到桃花源，向智慧老人取经。智慧老人问他："年轻人，你喜欢这里的风景吗？"

"喜欢，真是名副其实的世外桃源啊！"年轻人说。

"你的家乡如何？"智慧老人又问道。

"糟透了！我很讨厌那地方。"年轻人回答。

"那你快走，这里同你的家乡一样糟。"智慧老人说完，便把这个年轻人赶走了。

不久，又来了一个年轻人取经，智慧老人问了同样的问题。

当智慧老人问他家乡如何时，这个年轻人回答说："我的家乡很好，我很思念我们家乡的人、花、事物……"

智慧老人便说："年轻人，那你留下来吧！"

旁听者深为诧异，问智慧老人为何前后说法不一致呢？智慧老人说："你要寻找什么，你就会找到什么！心中没有桃花源，世上也就没有桃花源了。"

生活中，当你以欣赏的态度去看一件事时，你便会看到许多优点;如果你过于挑剔、以偏概全,你便只会看到无数缺点。

他跋山涉水历尽艰辛,最后在一片深山老林中找到一种树木,这种树能散发一种无比的香气,放在水里不是像别的树一样浮在水面而是沉到水底。他心想这一定是大仙所说的价值连城的宝物了!

于是,年轻人信心十足地把香木运到市场去卖。可是令其不解的是,放了几天,却无人问津,为此他深感苦恼。当看到隔壁摊位上的木炭总是很快就能卖光时,他一开始还能坚守自己的判断,但时间最终让他改变了自己的想法,他决定把香木烧成木炭来卖。

很快,烧成木炭的香木被抢购一空。年轻人迫不及待地跑来告诉大仙。大仙听后,叹惜地对他说:"年轻人,烧成木炭的香木,正是这个世界上最珍贵的树木:沉香啊! 只要你切下一块磨成粉屑,价值就超过了一车的木炭。"

教育提示
JIAOYUTISHI

在接近成功的最后一步选择放弃,最后却又后悔莫及,这样的你,缺乏的不是运气,而是耐心! 成功者为什么会成功,就是因为他们只要确信了自己的道路,不管别人怎么反对,他们都会一直坚持下去。

自觉是一种美德

在 11 岁的时候，比尔和父亲在新罕布什尔湖度假。那里青山绿水，是绝妙的垂钓的好地方。正是鲈鱼节前夕，比尔和父亲很早就吃了晚饭，赶到湖边垂钓。这个地方的鲈鱼十分稀罕，因此只有在这个特定的鲈鱼节，人们才能钓走鲈鱼。

比尔和父亲傍晚时分开始下竿，夕阳西下，落入水中的鱼饵激起水面一阵涟漪。月亮慢慢升上天空，那阵涟漪就化为微波粼粼的银光。

比尔安静地守在湖边，坐待鱼儿上钩。这时，渔竿一下子就被压弯成弧形，看样子是条大鱼。父亲赞赏地望着儿子，他想看看儿子如何把那个大家伙钓上来。

最后，比尔小心谨慎地把已经脱钩的鱼拉出水面。那是条他前所未见的大鲈鱼！

月色正浓，父子俩清楚地看到那条大鲈鱼流线的身体异常漂亮。它不停地张合着鳃，比尔也随着它的频率一下一下地眨眼。父亲看了下表，晚上 10 点——再过

两个钟头就是鲈鱼节了。"孩子,恭喜你成功地钓到大鱼! 但是很可惜,你得放了它。"父亲说。

"哪有这样的事? "比尔不乐意地叫道。

"鲈鱼节还没到,把它放掉,还有其他的鱼供你垂钓。"

"可是那些鱼没这么大,而且这还是珍贵的鲈鱼呀! "比尔接着喊道。

比尔左顾右盼,湖上没有渔舟,四下里也没人。他又一次恳切地看向父亲。

父亲顿了一下,说:"尽管现在旁边无人,也没有人会知道我们什么时候钓上它。可我们心里清楚,我们不能明知是错误的还继续错下去。听话,放生,这才是最重要的事! "

比尔十分不乐意,可从父亲毅然决然的语气中得知,他的决定不会更改。他只能小心地取出鲈鱼唇上的钩,又把它放生。

那条鱼慢慢地摇摆着鱼尾游向湖水深处。比尔暗忖:这一生都不可能再见到如此硕大的鲈鱼。34年后的今天,比尔已是一名卓尔不凡的建筑师。果不其然,从那以后,他再也没钓到过那么硕大的鱼。但是,他的眼前不时闪过这条鲈鱼。一有道德课题,他就看见它的身影。

JIAOYUTISHI
教育提示

很多人应该都有被人多找零钱的经历,那么大家接下来都是如何做的呢? 是自觉归还多余的零钱,还是默默地拿着开溜? 可能有人会说,反正别人不知道,不拿多可惜。但是你有没有想过,这些钱本来就不属于你,不拿对你来说实际上并没有什么损失,拿了反而时刻记在心中,害怕被人发觉,而让自己丢脸。我们做事但求一个心安理得,这样损人又害己的事情,还是自觉放弃的好。其实你换个角度想想,你归还了多余的零钱,却赢得了别人对你的品行的赞赏,如果以后有相见,他人一定会对你多多帮助,这是多么有益的一件事。做人眼光不能太短浅,要长远,不要因为贪图眼前的一点点利益,就让自己日后的人生道路蒙羞。聪明和小聪明只有一字之差,也只在一念之间,如何去选择就看你是否足够自觉了。

学会改变自己

《可兰经》里有这样一个经典故事,说有一位叫穆罕默德的大师,几十年来练就一身"移山大法"。

有一天,他带着他的40个门徒,在山谷里布道,他说:"信心是成就任何事物的关键,也就是说,只要你有信心,便没有不能成功的计划。"

一位门徒对他说:"师父,这个道理我知道。要是你有信心,你能让前面这座山过来,让我们站在山顶吗?"

穆罕默德自信地对他的门徒们点点头,放声地对着大山呼唤:"山啊,你过来吧!"

空旷的山谷里响起了穆罕默德的悠长的声音,回声一消失,山谷又恢复了宁静。

门徒们个个伸长脖子,盯着那座山,可是山依然未动。

"山不过来,我们过去吧!"穆罕默德说。

师徒们开始爬山,经过一番努力,到达山顶。

"徒儿们,我们不是站到山顶了吗?请为我们因为信心十足促使希望的实现而欢呼吧!"

在追求成功的过程当中，我们十有八九不会一帆风顺，一定会遇到许多困难和麻烦，生活中也有许多"大山"，我们是无法改变它们的，至少是暂时无法改变它们的。穆罕默德的"移山大法"告诉我们：如果事情无法改变，我们就改变自己。

如果别人不信服你，说明你还不能让人信服；如果别人不爱你，说明你还不能让别人爱；如果顾客不愿意购买你的产品，说明你还没有生产出足以令顾客产生购买意愿的产品；如果你还没有成功，说明你暂时没有找到成功的方法。人不一定能改变环境，但可以去适应环境。

JIAOYUTISHI
教育提示

小时候，我们无所畏惧，总是想着要去改变这个世界；长大后，真正接触社会，才发现小时候的想法多么可笑。于是很多人学会妥协，觉得社会残酷、世界不公，觉得自己无力生存。但是你有没有想过，既然社会无法改变，为何不学会改变自己，换个角度去思考，你见到的便是一个全新的世界。

从三维视点看自己

我们的两只眼睛总是在观察别人，在看别的事物，除了照镜子，很少看自己。现在移开镜子，闭上你的眼睛，向内看，观察自己，看看有何收获？

首先，画一根横轴，中间的原点就是现在的你。

往左看，负轴方向是你的过去，但不是到负无穷远，而是你刚刚出生的那一刻，那个尽头，是婴儿时候的你。

往右看，那是你的将来，同样不是到正无穷大，而是有限的时间，那个尽头，是生命枯萎之前的你，可能是个羸弱老者，也可能是其他形象。

这就是用二维图示展现的你的一生，简洁、明了、直接而决断。经常画这么一根横轴在你的心里，经常往左往右看看，你可能会感到生命的宝贵和短促，你可能会感到无奈和茫然。

用这个二维视点看自己，就会让我们有敬畏之心、仁爱之心，让我们有所畏惧和有所珍惜。

然后，坐稳，或者站直，沿着你的身体中轴，从头顶往上拉一根无限远的直线。将你的身体留下，带上你的眼睛和灵魂，沿着这根直线往上，往上，再往上……你会发现你的身体越来越小，越来越小……你会成为地面上的一个小点，然后小点也渐渐模糊，连地球也成了一个小点；再往上，太阳系成了一团模糊的星云……暂时到此为止，再往无穷远去，超过了太阳系，连想象力也无法到达吧。

到此为止的认识，就作为我们生命的三维图示吧。类似灵魂出窍，有些玄妙，有些孤寂。

经常从高高的太空看自己，你可能会感到自己的渺小和无意义，宇宙中多一个你，少一个你，有什么差别吗？可能有，也可能没有。

这个第三维视点，让我们变得谦卑和宽容，让我们不要太在乎自己，太注意自己，你就会变得自在，变得轻松。

教育提示 JIAOYUTISHI

你是否经常因为生活或者工作的压力而感到喘不过气？是否常常给自己定下一大堆的目标而劳累苦奔？偶尔学会放松一下自己吧！这个世界上没有铁打的人，我们不是机器，是有血有肉的生命。让我们学会从三维视点去看自己，将思维上升到整个宇宙的高度，真正放空自己。

没有什么比承诺更加神圣

　　1898 年的一天，在法国罗讷河边的一个酒吧里，在酒吧老板和镇长的见证下，冈维茨镇上的磨坊主都伦老爹和两位旅行者签下了一份协议。协议的内容是：都伦老爹拿出 1000 法郎帮助盖诺兄弟开办面包工厂，而盖诺兄弟要在工厂投产后，每周免费供应都伦老爹 50 磅的各类糕点。

　　不管后人如何看待这份协议，总之，在当时所有人看来，都伦老爹是吃大亏了。1000 法郎在那个时代可是一笔不小的数目，都伦老爹不过和那两个来历不明的英国人喝了两杯，就答应资助他们开办糕点厂，这多少有些莽撞。但是镇上所有的人都知道，开一家面包店是都伦老爹一直以来的心愿，这次他无论如何都不肯听别人的劝阻。

　　令双方当事人都没有想到的是，百年之后的今天，盖诺兄弟面包公司已经成为法国南部最大的面包供应商之一，生产的面包、糕点多达数百种。而此时，盖诺公司依然遵守着当年所签订的协议，每周向都伦老爹后人经营的西点屋免费提供糕点，并且按照协议的补充条款，另外还以成本价不限量地供应。

其实，早在几十年前，都伦老爹的孙子就曾向盖诺公司提出废止那份协议，至少进行一些更改，那份协议现在已经不利于盖诺公司。公司老板对此十分感动，但是他们还是毫不犹豫地谢绝了这份好意："说实话，那份协议的确给公司的运转造成过困扰，但是，没有它，也没有我们的今天，况且，没有什么比承诺更加神圣。即便是在被德国人占领的时候，我们都没有背叛过当初的诺言，现在就更加不能。"就这样，盖诺公司的送货车，依旧在每个送货日的清晨准时出现在都伦老爹西点屋的门口。

2002 年，美国的一个大财团有意并购盖诺兄弟面包公司。在谈判过程中，盖诺公司提出的一个附加条件就是，新公司必须继续履行百年前的那份协议，为此盖诺公司甚至愿意在价格方面做出让步。在了解了那份协议的始末之后，美国方面负责人爽快答应了，因为，相对于履行那份协议付出的代价，百年不渝的诚信才是盖诺公司最有价值的财富。

　　几乎没有人喜欢那些言而无信的人,为什么?因为他们欺骗了人们的感情。承诺是一个神圣的东西,它代表着相互之间的信任,如果你连最起码的信任都不能给别人,还怎么能指望别人来相信你呢。不管在什么时候,守承诺的人都是人们称颂的对象,诺言是无法用金钱来衡量的,一诺不止千金,而是无价。一份承诺,如果能够用金钱来购买,那么这就不是承诺,更像是一种商品。我们都知道,商品是可以贬值的,你可以想象,如果人与人之间的信任都贬值了,那么这个社会已经变成了什么样,不说乌烟瘴气,至少大部分人的心都坏了吧。有些东西是不能变质的,很显然承诺就是其中之一。有的人在利益或者困难面前,轻易地放弃承诺,到头来只得遭受世人的唾弃。

为自己做出选择

巴西足球运动员贝利绰号"黑珍珠",他从小就喜欢踢足球,一早就显现惊人的天赋。

某天,小贝利刚踢完激烈的足球赛,累得气喘吁吁。休息时,他从同伴那拿了根烟,吞云吐雾着,好不畅快!小贝利沉迷其中,身体的疲惫似乎也不翼而飞了。

但是父亲把这些尽收眼底,他的眉头紧紧地皱着。等到晚上,父亲没问他比赛踢得怎么样,而是先问:"你今天是不是吸烟了?"

"吸了。"小贝利羞红着脸回答道,他耷拉着头准备迎接父亲的滔天怒火。

可是,父亲并未生气。他直着身子,不停地来回走动,不急不躁地说:"贝利,你足球的天赋不错,或许能够出人头地。但是,如今你吸烟,那样并不利于身体,那样你就不能尽全力比赛,你要是继续吸烟,就会自毁前途。"

小贝利听了父亲的话更抬不起头来。父亲苦口婆心地说:"现在,我有义务引导你向好的方向发展,也有义务杜绝你的恶劣行为。可是，我不能决定你的发展，只能你自己抉择。我只问你一个问题，你想继续抽烟还是想当个好的运动员呢？孩子，你也不小了，自己看着办吧！"

父亲又拿出些钱给他，接着说："要是你不想当个好的球员，一心想着抽烟，这些钱你就拿去买烟抽吧！"父亲说完就坚决地走出门去。

看着父亲慢慢走远的身影，认真思考着父亲的金玉之言，贝利伤心地哭了，很久才停止哭泣。如同醍醐灌顶般，他把钱还给父亲，毅然决然地说："父亲，我保证以后不再抽烟，我必须要成为好的球员。"

打那之后，贝利就戒烟了。他勤学苦练，球艺迅速蹿升，15岁就被选拔进桑托斯职业足球队，16岁参加巴西国家队，并带领巴西队一直赢得"女神杯"，屡屡立功。现在，贝利家财万贯，可他还是戒烟，因为他曾保证，再不碰烟。

JIAOYUTISHI
教育提示

有很多人在小时候会在某些方面拥有一些过人的天赋，可是随着年龄的增长，这份天赋却逐渐消失了。人的精力都是有限的，当你将心放在某一件事上的时候，你便必然没有过多的精力放在其他事情上。人生路上有很多诱惑，我们要学会抵制诱惑，将自己的心放在自己应该做的事情上，否则便会慢慢迷失。

善良者有好运

其实财富之神也垂青品德高尚的人。

那是很多年前的一个暴风雨之夜,乔治·伯特作为一家旅馆的服务生正在柜台里值班,有一对老夫妇走进大厅要求订房。

乔治·伯特告诉他们,这里已经被参加会议的团体包下来了,而且附近的旅馆也已经客满。

当他看到老夫妇焦急无助的样子时,乔治·伯特真诚地对他们说:"先生,太太,在这样的夜晚,我实在不敢想象你们离开这里却又投宿无门的处境,如果你们不嫌弃的话,可以在我的休息间里住一晚,那里虽然不是豪华的套房,却十分干净。"

这对老夫妇谦和有礼地接受了伯特的好意。

第二天,当这对老夫妇提出要付钱给伯特时,他却坚决不收。他真诚地说:"我的房间是免费借给你们住的。昨天晚上我已经额外地在这儿挣了钟点费!房间的费用本来就包含在里面了。"

老先生临走时，温和地告诉伯特说："有你这样的员工是每一个老板梦寐以求的，也许有一天，我会为你盖一座旅馆。"

伯特当时以为这位老人在开玩笑，他只是笑了笑，并没有往心里去。

过了几年，乔治·伯特还在那家旅馆上班，仍旧当他的服务生。有一天，他忽然收到一封老先生的来信，邀请他到曼哈顿去，并附上了机票。

当他赶到曼哈顿时，在第五大道三十四街的一栋豪华的建筑物前，见到了老先生。老先生看着惊讶的伯特，微笑着解释说："我叫威廉·渥道夫·爱斯特。这就是我为你盖的饭店，我认为你是管理这家饭店的最佳人选。"

于是，乔治·伯特成为这家饭店的第一任总经理，他不负厚望，在短短的几年里，将饭店管理得井井有条，驰名全美。

教育提示 JIAOYUTISHI

如果有两个人，一个乐于助人，一个飞扬跋扈，你会喜欢谁？不用想肯定是那个善良的人。如果你是应试官，要从这两个人里面选一个作为你们公司的员工，你会选谁？不用想肯定也是那个善良的人。善良者总有好运便是这个道理，在同一个机会面前，他们的善良就是他们的砝码。

合理使用自己的零花钱

　　小约翰·D.洛克菲勒是美国石油大王，他做慈善总共花了5000多万美元。他慷慨解囊修缮凡尔赛宫，建造了阿卡迪亚和格兰德泰顿国家公园，还为联合国在纽约的总部买了地皮。

　　现在，我们要阅读的是他于1920年5月1日写给儿子约翰·D.洛克菲勒三世的信。

　　小约翰·D.洛克菲勒时年46岁，他在信中写了很多对14岁的儿子的钱财限制。

　　内容如下：

　　父子备忘录之零用钱使用规则：

　　1. 从5月1日起，约翰每周的零用钱将会限制为1美元50美分。

　　2. 周末核对细账时，要是父亲满意儿子的金钱使用情况，将于下周增加10美分的零用钱，以每周2美元为限制。

　　3. 要是父亲不满意儿子的金钱使用情况或者使用

不合理,将于下周减少10美分的零用钱。

4. 若收入或支出未计入账本,则下周零用钱不变。

5. 尽管约翰当周的财政记录合乎规定,但书写或计算不正确,视情况恶劣程度减少零用钱。

6. 父亲是唯一能够调整零用钱的人。

7. 双方协议,要把多于20%的零用钱用于慈善。

8. 双方协议,要把多于20%的零用钱存入银行。

9. 双方协议,任何支出都得记录清楚,有条理,明确项目。

10. 双方协议,只有爸爸、妈妈或家庭教师斯格尔思小姐中一人应允,约翰才能去商场购物。

11. 双方协议,假如约翰需要购买零用钱使用范围之外的货物时,一定要爸爸、妈妈或斯格尔思小姐应允。超市的找零、发票和收据要在当晚交还资金的给予方。

12. 双方协议,约翰不得向家庭教师、爸爸的助理或任何其他人请求借贷。

13. 约翰储存的零用钱,若超过每周零用钱20%(见细则第八款),爸爸将向约翰的银行账户注入超出部分同等金额的资金。

14. 以上零用钱公约细则将长期有效。以上协议经双方同意并执行。

小约翰·D.洛克菲勒(签名)

约翰·D.洛克菲勒三世(签名)

相信很多人都有过这样的感觉，每个月花钱的时候很开心，但是月底却不记得自己具体花在哪些地方，看着干瘪的钱包，只能苦苦哀叹。实际上我们很多钱都花在了不该花的地方，当你将所有的支出详细记录下来，到时候回过头再去看，就会发现自己多么浪费。有些人两千块能用一个月，但是给他三千块他也只能用一个月，甚至给五千块还是只能用一个月，不会有丝毫的结余。这就是没有计划，毫无节制消费的弊端，如果你能给自己订下合理的消费计划，你不仅不会成为月光，还能给自己存下一笔。如果你是一个有远见的人，能够用你存下的这笔钱去投资、去做买卖，那么你或许还能让自己致富，谁知道呢？世界就是这么奇妙，一些你认为无关紧要的事情，很可能会给你带来莫大的改变。

读书不是一件羞愧的事

朱买臣，字翁子，吴人，从小就喜欢读书，但家里非常贫穷，以砍柴卖柴维持生计。他经常担着柴，边走边读书。每次出门，他的妻子也担着柴跟随着，朱买臣在担柴途中大声朗读、背诵，他的妻子屡次阻止，可朱买臣却不听妻子劝说，声音比原来更大。他的妻子认为这是羞耻的事情，请求离他而去。朱买臣笑着说："我五十岁一定会富贵，现在已经四十多岁了。我还需要不断进取、不断努力，不然功亏一篑。你辛苦的日子很久了，等我富贵之后再报答你。"

妻子听后，愤怒地说："像你这种人，终究要饿死在沟壑中，怎能富贵？"朱买臣实在不能挽留住妻子，只好任凭她离去。之后，朱买臣一个人在道路上边走边朗读、背诵，背着柴在荒野、墓间行走。一次，他的前妻和后来的丈夫一起去上坟，看到朱买臣又冷又饿，召唤他并给他饭吃。前妻暗自庆幸自己的选择是对的。

过了几年，朱买臣得到一差事：跟随上报账本的官员押送行李车到长安。到皇宫上送奏折久未回复，朱买臣便在公车署里等待皇帝的诏令，粮食也用完了，公车署的兵卒轮流给他送吃的东西。正赶上他的同县人严助受皇帝宠幸，严助深知朱买臣的实力，便向皇帝推荐了他。皇帝召见过朱买臣之后，觉得他是个难得的人才，于是授予他为会稽太守。

从此朱买臣官运亨通，在乘坐驿站的车马就任时，会稽的官员听说太守将到，征召百姓修整道路。县府官员都来迎送，车辆有一百多乘。到了吴界，朱买臣突然看见他的前妻及丈夫在修路，就叫车停下来，让后面的车子载他们到太守府并安置在园中，供给食物。朱买臣对他前妻说："当年如果听了你的劝说，不在担柴途中大声朗读、背诵的话，也不会有如今这番成就了。我希望还能兑现我许下的诺言，让你过上好日子。"可一个月过后，他的妻子因羞愧上吊而死。

教育提示

当前社会，有很多人觉得读书没有什么用处，其实这是一个很大的误解。你又怎么知道那些成功的人私底下没有看书学习。不管从哪方面来说，读书都是一个人通向成功的能够看得见的道路，我们莫要被社会上一些不良言论影响自己。

学会把握现在

有一天，上帝在人间遇到了一个智者，智者正在钻研有关人生的问题。上帝敲了敲门，走到智者的面前说："我也为人生感到困惑，我们能一起探讨探讨吗？"

智者毕竟是智者，他虽然没有猜到面前这个老者就是上帝，但也能猜到他绝不是一般的人物。

他正要问上帝是谁，上帝说："我们只是探讨一些问题，说完了我就走了，没有必要说一些其他的问题。"

智者说："我越是研究，就越是觉得人类是一个奇怪的动物。他们有时候非常善用理智，有时候却非常不明智，而且往往在大的方面迷失了理智。"

上帝感慨地说："这个我也有同感。他们厌倦童年的美好时光，急着成熟，但长大了，又渴望返老还童；他们健康的时候，不知道珍惜健康，往往牺牲健康来换取财富，然后又牺牲财富来换取健康；他们对未来充满焦虑，但却往往忽略现在，结果既没有生活在现在，又没有生活在未来之中；他们活着的时候好像永远不会死去，但死去以后又好像从没活过,还说人生如梦。"

智者感到上帝的论述非常精辟,就说:"研究人生的问题是很耗费时间的,您是怎么利用时间的呢?"

"哦,也许是因为我的时间是永恒的吧。对了,我觉得人一旦对时间有了真正透彻的理解,也就真正弄懂人生了。因为时间包含着机遇,包含着规律,包含着人间的一切,比如新生的生命、没落的尘埃、经验、智慧,以及所有人生至关重要的东西。"

智者静静地听上帝说着,然后,他请上帝对人生提出自己的忠告。

上帝从衣袖中拿出一本厚厚的书,上边只有这么几行字:

"人啊!你应该知道,你不可能取悦所有的人;最重要的不是去拥有什么东西,而是去做什么样的人和拥有什么样的朋友;富有并不在于拥有最多,而在于贪欲最少;在所爱的人身上造成深度创伤只要几秒钟,但是治疗它却要很长很长的时光;有人会深深地爱着你,但却不知道如何表达;金钱唯一不能买到的,也是最宝贵的,那便是幸福;宽恕别人和得到别人的宽恕是不够的,你也应当宽恕自己;你所爱的往往是一朵玫瑰,并不是非要极力地把它的刺根除掉,你能做的就是不要被它的刺刺伤,也不要伤害到心爱的人;尤其重要的是:很多事情错过了就没有了。"

人的一生分为过去、现在和未来,有些人沉溺在过去,有些人追求看不见的未来,偏偏很少有人能够把心思放在现在。珍惜爱人、关爱亲友都是把握现在的表现,如果你不想活得太累,不想以后伤心难过,那就好好把握现在的每一天、每一分、每一秒吧!过去的事情就让它过去,只要活好了现在,又何愁没有一个好的未来呢。沉溺过去的人总是多愁善感,他们深陷过去的某些事情中而无法自拔,使得自己举步维艰,这样的人又有多少活力可言呢?过度追求未来的人则太激进,他们只想着一心往前冲,忽视了自己的健康、亲友的感情等等,待到遍体鳞伤,才发现自己的行为是多么的愚蠢,自以为得到了一切,实际上已经失去了所有,伤己亦伤人,多么愚蠢的行为啊!

做一个爱读书的人

在北魏时候，有个名叫祖莹的小孩，聪明伶俐，又爱读书，8岁时已经能够背诵《诗经》《尚书》，12岁的时候就进入了太学学习。祖莹读书成痴，从早到晚都捧着一本书，有时候连觉也不睡。父母看了非常心疼，怕孩子把身体累垮，就劝他多注意休息。祖莹口里答应着，但一读起书来就把休息忘得一干二净。父母多次劝说无效后，就偷偷地把家里的灯火藏了起来，以为这样他就可以按时睡觉了。

一天傍晚，祖莹又去拿灯点火，找了半天却一无所获。祖莹一想，就明白肯定是父母藏起来了。为了能够读书，祖莹趁父母不注意的时候，在尚未熄灭的炉火中悄悄放上几块木炭。等家人都睡着以后，祖莹蹑手蹑脚地下床，来到火炉前，拨开炉灰，把仍在燃烧的木炭弄到火盆里，用它当火种，放点干树叶，一会儿火就燃了起来。为了不让父母看见火光，祖莹用被子、衣服把窗子遮住，不让亮光透出去。就这样，祖莹一直坚持看书看到半夜。后来被家人发现，他好学的名声便传了开来，赢得了"小神童"的称号。

祖莹学习勤奋刻苦，又写得一手好文章，太学里的博士都非常喜欢他，称赞他说："这里所有的学生都比不上他，这孩子将来肯定大有作为！"有一次，博士张天龙讲解《尚书》，选祖莹为试讲。第二天清晨，同学们都陆陆续续到齐了，独独缺了祖莹。老师一看祖莹没来，便让一个同学去找。那个同学来到宿舍，见祖莹正睡得香呢！原来他昨晚看书看到半夜才睡觉。祖莹被叫醒后，迷迷糊糊地抓起床头上的一本书就往学堂跑。到了教室，祖莹把书拿出来一看，不禁傻了眼。原来他走得太匆忙，错拿了邻床好友的一本《礼记》。他原想回去换，但知道博士张天龙为人严厉，就没敢开口。于是祖莹只得眼睛看着《礼记》，嘴里讲着《尚书》，并不慌不忙地背诵了其中的三篇，一个字都没漏。老师和同学们发现真相之后，大吃一惊，非常佩服。后来，孝文帝听说了这件事，就把祖莹召了去，让他背诵五经并当场讲解。祖莹侃侃而谈，见解精辟。孝文帝听了，频频点头称是，对祖莹非常赞赏，提升他为太学博士。

祖莹的文章文辞优美，自成一派，在文坛上与名士袁翻齐名，受到当时人的肯定和推崇。

我们从小在学校就被老师教育要好好学习,大部分人虽然嘴上答应得很痛快,但是又有多少人能够将"好学"二字,真正变成自己的习惯。很多人一边读着"头悬梁,锥刺股"的故事,一边偷懒玩耍,等到最后成绩出来了,又后悔莫及。读书并不一定能够让所有人都成功,但是当你没有更好的办法的时候,有书可读为什么不好好珍惜呢?想想那些穷苦山区的孩子们,想想他们每天跋山涉水十几里路去学校上课,想想他们拿着泛黄的旧教材在破教室里大声朗读,我们其实已经很幸福了。如果你读书的时候天天满腹牢骚,那么你又如何保证自己以后做别的事情不是一个样?我们读书不只是为了学知识,更是为了学习一种态度,一种为了目标拼命努力奋斗的态度,这种态度就是很多人能够取得成功的关键因素。

勇于做出选择

14世纪法国经院哲学家布利丹曾讲过一个故事：

一头毛驴站在两堆数量、质量和与它的距离完全相等的干草之间。它虽然享有充分的选择自由，但由于两堆干草价值绝对相等，客观上无法分辨优劣，也就无法分清究竟选择哪一堆好，于是它始终站在原地不能举步，结果只好活活饿死。

布利丹毛驴的困惑和悲剧也常常折磨着人类，特别是一些缺乏社会阅历的初涉世者，很多都是因为面临多种选择却又难于选择而心烦意乱：

一位毕业不久的大专生分配到一家不错的单位，他觉得自己的文凭太低，想去升本考研，却又怕读完研究生之后再也找不到这样的好工作。

一位二十八岁的女孩，恋爱已经五年，她想结婚可男友至今还没有住房，她想分手却又舍不得这份经受了时间考验的感情。

有同事给二十四岁的他介绍了一个女朋友，经过接触，他发现了她的聪明和善良，可心里又总觉得她长得不好看，所以进退两难。

已经服役三年的他，既想早点儿踏入社会，去接受另一种锻炼，又想留下来复习功课准备报考大学……

心理学家把这种由两个或两个以上不能同时实现的目标所带来的心理矛盾称为"意志行动中的冲突"，简称"冲突"。

无论何种冲突，其实质都是要在几种方案中做出唯一的选择。在选择之前，我们的大脑会一直对方案进行反复的比较鉴定，这种高负荷的工作总是伴随着紧张、焦虑、烦躁、不安等负面情绪，特别是当我们面临人生的重大抉择时，这样的情绪会更强烈、更深刻、更持久。

每个人都无法长期忍受这种状态，因此总是希望尽早做出选择。一旦做出了选择，这种烦躁不安的情绪也就随之结束了。

曾经听人说起过这样一个说法："把一对夫妇安置到人迹罕至的大森林里去生活，想必他们不会有离婚的念头，因为别无选择，他们将致力于巩固彼此的关系。"

事实上，无论在人生的哪一个领域，别无选择都会是最好的选择——它能使我们集中个人无限的精力，去走好自己的路。

一段又一段的时间从我们身边走过，它们带走的不只是青春，还带走了该属于我们的选择。

过多的选择实际上就是没有选择,这和走在路上遇到三岔口是一个道理。当你在路上行走,如果前面只有一条路,那么你肯定能够一往无前,毫无顾忌,但如果遇到的是多条道路,你可能就会变得缩手缩脚,不知如何选择,你会因为害怕走错路而驻足不前。但是你有没有想过,如果你一直不敢做出选择,又如何能够知道哪条路是对的,哪条路是错的呢?我们在很多时候就是缺少敢于选择的勇气,即使前面有千万道路又如何呢?你只需要坚持你内心的想法,选择那条你认为正确的路,勇敢地走下去,即便错了也没关系,至少知道这条路不适合你,总好过一直待在原地,看着时间慢慢流逝,内心干着急,却又觉得无可奈何。不要把责任归咎于自己是一个所谓的选择困难症患者,没有这么多借口,你所缺的只是勇气罢了。

博者不言，言者不博

老子说："博者不言，言者不博。"那些真正有学识的人往往低调谦虚，不会到处去卖弄自己的学识，只有那些学问不够渊博却自视甚高的人，稍知道一点点道理，就在别人面前充分表现，唯恐别人不知道他的博学，这其实是浅薄无知的表现。知道道理，只是在有用的时候才施展出来，而不是为了向别人炫耀。很多人骄傲自满，狂妄自大，自以为自己知道一切，目中无人。

春秋时，秦景公的弟弟秦后子因功高而遭到景公的猜忌。秦景公三十六年(公元前541年)，秦后子为躲避景公迫害逃到晋国，晋国大夫赵文子(赵孟)接见他，问："秦国国君有德行吗？"

秦后子回答说："不知道。"

赵文子说："公子你屈尊来到敝国，一定是为了躲避无道之君。"

秦后子回答说："有这个意思。"

赵文子又问："秦国国君还可以维持多久呢？"

秦后子回答说:"我听说过,国君无道而五谷丰收,至少还可以维持五年。"

赵文子看着太阳的影子说:"活了早晨还怕活不到晚上,谁还能等待五年!"

赵文子出去后,秦后子对随从说:"这个赵文子大概快死了! 君子应该宽厚爱人,顾念将来,即使这样还恐怕不能成功。如今他辅佐晋国主持各诸侯国的盟会,应该思考如何才能建立长久的功德,如何才能经历久远的年寿,即使这样还害怕不能很好地度过一生;如今他却安于现状,自大自满,目中无人,口不择言,如果不是死期到了,就一定有大祸临头。"

果然,这年冬天,赵文子便去世了。

JIAOYUTISHI
教育提示

相信很多人都遇到过那些喜欢夸夸其谈的人,你会相信他们真的很有智慧吗? 很显然不会,他们除了能够让人感到厌烦之外,貌似也没有什么别的用处。真正的智者大部分时间都在思考,而不是在吹嘘自己有什么本事,他们的一言一行都会提前在自己心中过滤一遍。其实换一个角度来看,言多必失,你当然有说话的权利,但还请管好自己的嘴巴。

有些东西比金钱更重要

　　两个墨西哥人沿着密西西比河淘金,他们在一个河流分汊的地方分了手,因为一个人认为阿肯色河可以淘到更多的金子,而另一个人则认为去俄亥俄河发财的机会更大。

　　十年后,去俄亥俄河的人果然发了财,在那里他不仅找到了大量的金沙,而且建了码头,修了公路,使他落脚的地方成了一个大集镇。现在俄亥俄河岸边的匹兹堡市商业繁荣,工业发达,无不起因于他的拓荒和早期开发。

　　进入阿肯色河的人似乎没有那么幸运,自分手后就没了音讯。有的说他已经葬身鱼腹,有的说他已经回到了墨西哥。

　　直到50年后,一个重2.7公斤的自然金块在匹兹堡引起轰动,人们才知道他的一些情况:

　　当时,匹兹堡《新闻周刊》的一位记者曾对这块金子进行跟踪,他写道:"这块全美最大的金块来源于阿肯色,是一位年轻人在他屋后的鱼塘里面捡到的,从他祖父留下的日记看,这块金子是他的祖父扔进去的。"

随后,《新闻周刊》刊登了那位祖父的日记。其中一篇是这样的:

昨天,我在溪水里又发现了一块金子,这块比去年淘到的那块更大。

进城卖掉它吗?那就会有成百上千的人涌向这儿,我和妻子亲手用一根根圆木搭建的棚屋、挥洒汗水开垦的菜园、屋后的池塘,还有傍晚的火堆、忠诚的猎狗、美味的炖肉、树木、天空、草原……大自然赠给我们的珍贵的静逸和自由都将不复存在。

不,我宁愿看到它被扔进鱼塘时荡起的水花,也不愿眼睁睁地看着这一切从我眼前消失。

18世纪60年代正是美国开始产生百万富翁的年代,每个人都在疯狂地追求金钱。可是,这位淘金者却把淘到的金子扔掉了。

有很多人认为这个故事是天方夜谭,直到现在还有人怀疑它的真实性。可是我始终认为它是真的,因为在我的心目中,这位淘金者是一位真正淘到金子的人。

有些人觉得金钱是这个世界上最重要的东西,觉得它能买到自己所想要的一切,这种想法实在太过愚昧,爱情、健康、友谊等很多东西都是无法用金钱买来的。我们的确不能否认金钱的作用,但是将金钱凌驾于万物之上就有些过了。有多少人花费了大半生的时间去追逐钱财,到了晚年,空有金砖玉瓦,却常感空虚寂寞;又有多少人在年轻时候透支生命和健康,去换取金钱,待到疾病缠身时,才后悔莫及。这个世界上有很多东西比金钱更重要,而现在的人大多变得贪图钱财,社会也慢慢变成金钱社会,什么东西都要用钱来衡量。爱情变质了,可以买卖;友情变质了,攀名附利。在这样的社会中生活,难道不觉得累吗?希望我们每个人都能够守住自己心中的最后一份净土,不要被金钱蒙蔽了双眼。

真诚才是永恒

在一家知名的国际机场，负责地勤工作的主管接到飞机始发地传来的一份电报，声称有一位贵宾乘客托运了一只宠物狗。那只狗是这位乘客的心爱之物，它将随主人在此地转机回澳洲。

电报特别提醒他们，务必认真照看，不得遗失。看完电报，地勤主管丝毫不敢怠慢，马上召集部门成员开会，要他们谨慎对待这项任务。他不仅安排了专人负责接机，还派人去买来了高级狗食。

万事俱备，可是，负责接机的职员却回来报告，那只名贵的狗已经接到，不幸的是，它已经死了。

怎么办？赶快采取措施！大家七嘴八舌献计献策，最终取得的一致方案是——悄悄去买一只外貌相似的宠物狗。主管不得不重新分配任务，有人负责筹钱，有人马上打电话询问宠物店，有人负责处理宠物尸体……幸好，转机时间长达5小时，他们有足够的时间来料理这件事。

谢天谢地，他们还真的找到一只很相似的狗，花色和外形几乎没有差别，只是尾巴稍稍短了一些。大家都暗暗祈祷，狗的主人千万不要察觉这小小的不同啊。等他们一切准备就绪，飞机刚好起飞，大家长长地舒了一口气。

意想不到的是，次日，机场办公室收到了一份投诉电报，投诉人就是那位贵宾乘客。大家全都蒙了，主管立刻打国际长途到澳洲办事处询问，结果令人啼笑皆非——原来客人托运转机的就是一只死去的狗，主人因为太喜爱它，不忍心把它的遗体留在异国，才特意送它回澳洲老家。

不惜重金买了一只不相干的狗，却把主人真正心爱的宠物草草处理掉了。原来我们一直追求的所谓尽善尽美，并非总是恰如其分。真诚才是永恒的法则！

JIAOYUTISHI 教育提示

有多少人曾经做过文中那种自以为是的事情，当你花费心机试图掩埋某些事情的真相，却不知道这份真相早已不是秘密，人们关注的只是你是否会真诚以待。可能你觉得犯错是一件很可怕的事情，那你是否知道，很多错误都是可以被原谅的，但其中却不包括欺骗。所以说，做人做事，万万不能忘了真诚。

要有一颗宽容的心

　　克林顿担任总统期间，有一天到一家医院视察。一个小男孩使劲挤到他跟前，呆呆地看着他什么也不说。克林顿弯下腰来问："你有什么事吗？"小孩挠了挠头，说："我想得到总统先生的签名，您能满足我的要求吗？"

　　克林顿很高兴地答应了。不料孩子突然又说："总统先生，可以给我签4张吗？"克林顿不明白，问他："为什么要那么多？"孩子说："我只想要一张您的签名，再用另外3张去换迈克尔·乔丹的签名照。"克林顿愣了一下，笑着说："完全可以。但我有个侄子，也喜欢迈克尔·乔丹，我给你签7张，请你替我的侄子也换一张迈克尔·乔丹的签名照，可以吗？"

　　伍德罗·威尔逊曾任大学教授和校长、新泽西州州长，后任美国总统。有一次，他到一个社区演讲，正讲得兴致盎然的时候，"啪"的一声，一个鸡蛋飞到他的脸上。肇事者是一个10岁的男孩，威尔逊抹净脸上的蛋液，温和地问他："请告诉我，为什么要这样做？"孩子胆怯地说:"对不起,我只想试一下,我扔得准不准。"

威尔逊抬起头来对听众说:"这位小朋友扔鸡蛋很准。作为总统,为国家发现人才和准备人才是我的职责。我建议,这个孩子所在学校的体育老师要注意培养他,说不定他会成为很好的球类运动员。"后来,这个孩子真的成了出色的棒球选手。

约翰·亚当斯是美国历史上的第二位总统。就在他接替华盛顿就任总统时,美国正面临着与法国关系破裂的危险。到了1797年底,两国关系剑拔弩张,战争一触即发。

常识告诉亚当斯,要打胜仗,必须要有得力的统帅。很多人劝他亲自指挥军队,但他认为自己并不具有军事上的特别才能。思来想去,他认为华盛顿才是唯一能够唤起美国军魂、团结全美人民的统帅。所以,他决定请华盛顿担当大陆军总司令。

亚当斯的支持者们一致表示反对,他们认为,如果华盛顿复出,会再次唤起人民对他的崇敬和留恋,这样势必对亚当斯的威望和地位造成威胁。但亚当斯毫不动摇,他说:"难道我的地位和声望比国家的利益和命运更为重要吗?"

当你在一家公司上班,老板找到你要给你一个很好的职位,可是你知道自己无法胜任,强行上任只会把事情弄糟,而有一位同事则非常合适,你会拒绝老板的好意,推荐那位更有能力的同事吗?我相信很多人都不会,即使你知道自己不合适,也很难把机会留给别人,因为你害怕别人太过优秀,害怕老板从今往后对你不再关心,转而把目光全部放在那位同事的身上。但是我们看看文中的亚当斯是怎么做的,他毫不顾忌地把机会留给华盛顿,原因是他觉得自己的声望和地位并没有那么重要。亚当斯能够做到这点,便是因为他有着一颗宽容的心,他难道不想自己成为总司令吗?他当然想,但他还是放弃了。当你把机会留给别人的时候,实际上更多的机会正在向你招手,放弃有时候也是为了收获更多。

别给自己套上枷锁

20世纪70年代的一天晚上，伦敦某炼金厂发生失窃案，丢了8块金锭。那天，厂里的每个人都经过严格的审问，对于一些可疑人物，警方甚至还搜查了他们的住房，结果一无所获。那8块金锭悄无声息地失踪了。

过了30年。一天，一位老者拿了一些黄金碎片到银行抵押现金，碎片的纯度极高，瞬间银行职员就觉得怀疑，要知道，流落民间的黄金可没有这样高的纯度。最后警方也插手调查，结果搜到了30年前炼金厂失窃的8块金锭，那些金锭被老人藏在墙壁中。

30年前，老人那时正担任炼金厂的治安警官，真是出人意料，谁会想到是他以权谋私！

这位名叫邦德的老人锒铛入狱，判刑的第一天，他如释重负，终于能睡个安稳觉了。自从30年前的那晚过后，他再也没有过舒心的生活。30年前，邦德把金锭收好，成天提心吊胆，只要有人敲门，他就心跳加速，常常噩梦连连，总梦到真相大白，自己最后被逮捕判刑。

随后，他把金锭转移，藏到一个垃圾站的地底，回家后又心神不安：若是让人发现了，那不白费工夫？接着他又把金锭挖回来，他非常敏感，一听到点风声，他就马上转移金锭。30年来，不知道忙碌了多少次。

　　终于等到白发苍苍，妻子也离他而去。邦德想：这几块金锭让我担惊受怕，最后一无所获！就算它再怎么珍贵，不能换成钱，也是废铁。于是，邦德日思夜想，怎样换成现金。他找黄金走私贩，可找来找去始终觉得不靠谱；他又想扔掉那些，摆脱苦恼，可又不甘心徒劳无功。因此，邦德决定铤而走险，到银行把金锭换成现金。他觉得，过了30年，没人会去关心那事了，但是天网恢恢，他最终还是落入法网。

　　莎士比亚曾说过："质量最沉的是黄金打造的枷锁。"从老邦德身上我们就深有体会，他的手铐不是警察给他戴的，而是30年前他就给自己戴上了，并将一直戴着……

**JIAOYUTISHI
教育提示**

　　很多人在犯罪之后，天天夜不能寐，时刻担惊受怕，这又能怪得了谁呢？他们身上的枷锁是自己给自己套上的，在犯罪前，就应该想到这一点。这个世界上本就没有不透风的墙，若想人不知，除非己莫为，有些事情做了就要付出代价，若想不后悔，就请控制好自己的言行。

为国屈己，忍让制胜

　　魏文侯五十年（公元前396年），文侯卒，子武侯立。武侯即位不久，就设置相国。而大将吴起因自文侯时起便镇守西河，名声很大，他自恃功高，以为能当上相国。不料，魏武侯却拜田文为相国，吴起十分不服气，就想借机和田文比试比试。

　　一次，吴起偶然遇到田文，就想同田文比功评理，他对田文说："请允许我跟您比一比功劳，可以吗？"

　　田文早就猜到了他的用意，但躲已经来不及了，就随口答道："可以。"

　　吴起理直气壮地说："统率三军，使士卒舍生忘死，奋勇杀敌，使敌国不敢攻打魏，您和我相比，谁更高明一些呢？"

　　田文非常谦逊地答道："我不如您。"

　　吴起得意起来，又接着问道："那么，管理文武百官，使万民亲附，仓储钱粮充实，你和我相比谁又更强些呢？"

　　田文照样答道："我不如您。"

吴起的心里更加高兴，继续问道："镇守西河，使秦兵不敢东向，韩国和赵国都归附于魏，您和我相比谁高明呢？"

田文不慌不忙地答道："我不如您。"

讲到这里，吴起不服气地质问田文："这三者您都处下风，但您却身为相国，官位凌驾于我之上，这是什么道理呢？"

田文淡淡一笑，反问道："武侯年少即位，国内尚不安定，大臣们还未俯首听命，百姓也未信服崇拜，当此之际，请您考虑，是把军国大事托付给您好呢，还是托付给我好呢？"

吴起本以为田文会跟他针锋相对，各述己长，然后弄得难解难分。可是，田文一直都表现得镇定自若，且十分谦逊，这种态度使他心中的不平之气竟不知不觉消减了一半。此时，他又想起平日田文的功劳及担任相国后的所作所为，认为田文的确是相才，便服气地对田文道："还是把军国大事托付给您好。"

田文见吴起的情绪平定下来了，他才正面回答吴起，他说："这就是我的职位处在您上面的原因啊！"听了这话，吴起自愧才能不如田文，便公开向田文道歉服输。于是，两人言归于好。有了他们二人的同心协力，共同辅佐，魏国遂称雄于一方。

春秋时期，鲍叔牙将相位让给管仲；汉文帝初年，陈平把相位让给周勃；三国时周瑜以国家大局为重，对屡次给自己难堪的程普等人"折节事之"，所有的这些都体现了为国屈己、忍让制胜的品德和策略。

JIAOYUTISHI
教育提示

如果有一个人对你非常有偏见，总是挑衅你，并表示你不如他，你会怎么做呢？是不是针锋相对，觉得无法忍受。但你有没有想过，你这样只会加剧双方关系的恶化，最后彻底水火不容。当你用他对你的态度来对待他的时候，你们俩又有什么区别，都觉得对方不如自己，然后互相鄙视，实际上你已经变成了你自己所讨厌的那种人。我们应该学会隐忍，要让他感觉到仿佛一拳打在棉花上面，在这个时候，就是你反击的最好时机。打败一个人最好的办法，就是让他对你折服，但我们很多人都没有意识到这点，总是觉得，你横我就要比你更横，你凶我就要比你更凶，最后引来一大堆的麻烦。当然，隐忍并不意味着一味地让步，主要是算准反击的时间，用对反击的办法，这样才能取胜。

凡事尽力而为

多年前，一个年轻人在营销策划公司工作。一天，他的一位朋友找到他，说自己的公司想做一个小规模调查。朋友希望年轻人出面，把业务接下来，然后他自己去运作，最后的调查报告由年轻人把关。当然，朋友会给年轻人一笔酬劳。

那的确是一笔很小的业务，没什么太大问题。市场调查报告出来后，年轻人很明显地看出了其中的水分，但他只是做了些文字加工和改动，就把它交了上去。事情就这样过去了。

几年后，年轻人成了营销界小有名气的策划人。一次，公司委派他为北京一家大型商场做一整套营销方案，不料，对方的业务主管明确提出，对年轻人印象不好，要求换人。原来，该主管正是当年市场调查项目的那个委托人。

也许，这两件事先后发生在一个人身上只是一种巧合。但这种偶然性当中其实已包含了必然性，因为越是微不足道的小事，就越能看出一个人的品质。年轻人最初的草率，已注定他日后将丧失良机。反之，一个人若是对自己所做的每一件事都竭尽全力，那他必将为自己赢得越来越多的机遇。

电影巨星帕特·奥布瑞恩就是这种善于赢得机遇的人。1903年，帕特在纽约参加一出名为《向上，向上》的话剧演出，其中有一段是帕特与两个怒气冲冲的人争执不休的表演。

由于这出话剧的反响不够理想，剧团后来移到一家小剧院去演出，演员的薪水也削减了，他们的前途一片暗淡。然而，多年的教育使得帕特养成了"凡事尽力而为"的习惯。因此每一次演出，他都把整个身心融入角色中，从场上下来时，他总是满身大汗。

8个月后的一天，帕特接到一个电话，邀请他参加电影《扉页》的拍摄。

原来，《扉页》的导演刘易斯·米尔斯顿偶然间看到了《向上，向上》，其中帕特在桌边与人争吵的那一幕给他留下了深刻的印象。于是，他推荐帕特在《扉页》的一场戏中扮演一个角色。

这是帕特·奥布瑞恩银幕生涯的起点。后来，他成了非常著名的电影明星。

俗话说，"一屋不扫，何以扫天下"，事无巨细，唯有每件小事都做好，才有可能完成别人无法完成的大事。有些人总是一开口就说自己是做大事的人，那些鸡毛蒜皮的小事不要去找他，殊不知以小见大，如果你连一点小事都做不好，别人怎么可能会放心把更重要的事情交给你呢？如果有两个员工，一个总是偷懒耍滑，连制作清单表格这样的事情都马虎应对；还有一个认真仔细，每件事都努力地完成，虽然做得慢一点，但从来不曾有过错误。作为老板，我相信即使他知道那位喜欢偷懒的员工能力强一点，也会把那些重要的任务交给那个认真仔细的人。其实你的做事风格就已经决定了你的成败，你不是输在了自己的能力上，而是输在了做人做事的态度上，但很多人偏偏无法认识到自己的错误，反而抱怨命运不公，着实可怜。

懂得瞬间的美

8月，阿根廷的布宜诺斯艾利斯还是稍显寒冷，玛莉娜推开围栏的木门，拉了拉围巾，随手把一袋垃圾放进了左边的垃圾桶里。她看见，右边的垃圾桶旁，正蹲着一个拾荒的女孩子。在帕雷尔摩富人区，这种场景司空见惯，在往日，忙碌的马莉娜不会让目光为此停顿哪怕一秒钟。

今天，她不由自主地放慢了脚步，因为眼前的孩子正在把翻过的垃圾又一点点放回垃圾桶。她收拾得那么仔细、耐心，而且做这一切时，满脸庄严，仿佛面前不是一堆垃圾，而是一棵圣诞树，她正在摘取属于她的礼物。

"喂，孩子，别人可都是翻完垃圾就走的，你为什么还要收拾那些脏东西？只要过一小会儿，清洁工就会来了。"玛莉娜问了一句。

"这块草坪多漂亮啊，毕竟清洁工还要等一会儿才来，即使是一会儿的时间也要让这里尽可能美丽，不好吗？"孩子边收拾着垃圾边说。

这个拾荒孩子的话让玛莉娜很意外。她默默地站在那里，看着孩子的背影，她甚至有些感动。许久，孩子突然意识到和她说话的人并没有离去，赶紧站起来转过头。

那一瞬间，玛莉娜惊呆了，面前的这个孩子衣服虽然很旧但很整洁，面容黝黑但很干净，而她姣好的身材和脸型是玛莉娜很少见到的。

"你愿意当一名模特吗？"玛莉娜脱口而出。玛莉娜·冈萨雷斯——世界著名项链设计师，她知道什么样的苗子能成为一流的模特。

3年后，这个叫妲妮拉的拾荒女孩，接连击败1000多名竞争对手，夺得全球最大模特经纪公司——Elite举办的"世界精英模特大赛"阿根廷赛区选拔赛的桂冠。

从丑小鸭到白天鹅，从垃圾堆到T台，记者问玛莉娜靠什么发现了妲妮拉的潜质，玛莉娜笑着说："懂得瞬间也要美丽的人，一生都会注定美丽。"

JIAOYUTISHI
教育提示

请你想想这样一幅场景，有两个女孩在花丛中，一个相貌普通，用鼻尖轻触花朵，面露微笑；一个面容姣好，双手拿满折断的花枝，哈哈大笑。你更喜欢谁呢？相信每个人都会选择那个相貌普通的人，因为她懂美，这也在无形中增加了她的颜值和魅力。

做一个博览群书的人

　　读经以明事理，读史以知往事而预知将来。两者中，又以学习先贤圣哲事迹言论为主，并将有字之书与无字之书结合起来读，否则将由于无可效仿和脱离现实而失于空泛，不得其要旨。有名的"半部论语治天下"，就是说的北宋时赵普博学参省的事迹。他71岁病死后，家人打开他的书箱检视，还发现有"论语"20篇。毛主席一生博览群书。晚年时，还要武将许世友读《红楼梦》，至少读五遍。

　　曹操酷爱读书，据《三国志》记载，曹操是一个手不释卷的人。他创立大业，文武并施，御军十余年，手不舍书，昼则讲武策，夜则思经传。曹操行军用师兵，依孙武兵法，变化如神，并自己写了兵书十余万言。曹操还善草书，懂音乐、棋艺、医药，明达不拘，难才所宜，能断大事，变化无方。毛宗岗在《读三国法》中评论说："历稽载籍，奸雄接踵，而智足以揽人才而欺天下者，莫如曹操。听荀彧勤王之说，而自比周文，则有似乎忠；黜袁术僭号之非，而愿为曹侯，则有似乎顺；不杀陈琳而爱其才，则有似乎宽；不追关公以全其忠，则有似乎义。王敦不能用郭璞，而操之得士过之；桓温不能识王猛，而操之知人过之。李林甫虽能制禄山，不如操之击乌桓于塞外；韩侂胄虽能贬秦桧，不若操之讨董卓于生前。窃国家之柄而姑存其号，异于王莽之显然弑君；留改革之事以俟其儿，胜于刘裕之急欲篡晋。是古今来奸雄中第一奇人。"曹操达此境界，皆因博学参省之缘故。

教育提示

"万般皆下品，惟有读书高。"永远都不要觉得读书是一件没用的事情，要想成为一个有用的人，必须要博览群书。为什么这样说？因为读书能够让你学到知识。当前社会发展迅速，更需要我们紧跟时代潮流，为了不让自己被时代所淘汰，多看书，多掌握一些知识是必须的。有些人对读书存在误解，觉得读书没用，只是因为你学到的知识还没有机会用到而已，书到用时方恨少，说的就是这个道理，你现在所学到的，其实都是为了给你日后的某一刻做准备。

学会控制自己的情绪

生活有10%是靠你创造的，而有90%是看你如何去对待。

一天，乔治跳进一辆出租车，出发去机场。出租车正在它该行驶的车道上前进，突然，一辆黑色的小汽车从前方的一个停车位上冲了出来。只见出租车司机猛地踩下刹车，车子侧滑，和另一辆车擦身而过。可那辆黑色小汽车的司机却立马扭头，冲着出租车大喊大叫。出租车司机只是笑了笑，向那个家伙挥了挥手——非常友好地挥手。

乔治有些不解地问他："你刚才为什么会那样做呢？那个家伙差点儿撞坏你的车，把我们送进医院！"司机讲了一段话，就是在那个时候，乔治懂得了一个道理，后来他称之为"垃圾车法则"。

司机解释说，许多人像垃圾车，装载着垃圾——挫折感、愤怒与失望——四处奔跑。当他们的垃圾堆积到一定程度后，他们需要一个地方倾卸。有时候，他们会把垃圾倾卸到你身上，这时，不要把它们接过来，你只需笑一笑，挥挥手，祝他们好运，然后继续向前。

千万别接受那些垃圾，更不能把它们散布给你的同事、家人或是路人。

简单地说，成功之人不会让垃圾车主导他们的生活。生命太短暂，不容你早上带着遗憾醒来，所以，学会去爱善待你的人，并为没有善待你的人祈祷。

教育提示
JIAOYUTISHI

大家在生活中是不是也经常遇到文中那样的"垃圾车"？很多事情，在你看来明明没有什么大不了的，但是这些人总会愤怒以待，或者仿佛受到了非常大的挫折，让你不明所以，在你感到莫名其妙的同时，也被他们的情绪所影响了。因为情绪都是会传染的，当你身边的人无时无刻不在散发着负面情感时，你也会变得容易愤怒，容易消极。我们要做的就是学会控制自己的情绪，调整好自己的心态，不管那些"垃圾车"如何向你倾卸垃圾，你都还之一笑，这并不是说你对他们表示肯定，而是为了保护自己。

做人别太傲慢

唐代出了两个文章一流但嫉世傲物的人物，一个是罗隐，一个是萧颖士。

罗隐诗文多讥讽，久试不第，穷窘一生。他总共考了十多次试，自称"十二三年就试期"，最终都铩羽而归，史称"十上不第"。罗隐仕途不幸，与其讥讽的诗文有着莫大的干系。罗隐55岁才得了一官半职，但终生仍然不改本性，结果为权贵们所不容。

萧颖士的诗文一流，声名远播。曾经有人劝萧颖士的佣人另找一户人家，但这位佣人说，我已经服侍他十年了，不是我没地方去，而是我太佩服他的才华了。还有一个故事，当时日本经常差使到大唐来，有一个使者说："我国的民众，希望请萧先生到日本去当国师。"

但是，这个在国外也有声望的萧颖士却仕途不顺，一直得不到重用，和罗隐一样的落魄。但与罗隐不同的是，萧颖士19岁就中了进士，此后一生坎坷。非常不可思议的是，这样一个有着才学的人，几次被"问责"丢官，

照现在的话说，那是"政绩较差"，没有"执行力"。

史载，天宝初年，萧颖士补秘书正字，奉使至赵卫间搜求遗书，久未复命，被劾免官。搜求遗书并不是一件困难的事情，但萧颖士就是干不来，也不去干，落了个丢官的命运。后来，萧颖士又召为集贤校理，仍然办事不力被贬官，现在的解释是："不肯诣事宰相李林甫，受其排斥。"后来，萧颖士作了一首《伐樱桃树赋》讥刺权贵，终于被免除了官职。

萧颖士之所以被贬官，并非没有"能力"，而是傲慢所致。有一个故事，萧颖士考中进士后，自恃才华，非常傲慢，经常携着一壶酒到野外去喝，自己喝酒吟诗，十分散漫。一日遇上暴雨狂风，萧颖士看到一个穿紫衣的老人领着一个小孩在避雨，萧颖士见老人很尊贵的样子，便讥讽起来。雨停后，却来了许多马车，迎老人上了车，萧颖士急忙打听，有人告诉他这是吏部王尚书。萧颖士大惊，去求见了好几次，尚书没有接见。第二天他写了很长的信，到王尚书家里去谢罪。王尚书让人把萧颖士领到偏房的廊下，责备他："遗憾你不是我的亲属，不然我一定要狠狠地教训你。"

萧颖士受了尚书的批评，本当悔过，但萧颖士仍然我行我素，自恃才名，对人傲慢无比，最后死在扬州功曹（州牧的属官）的任上。

　　无论是在工作中还是生活上，做人都不能忘掉谦虚，更不能傲慢自大，因为聪明与愚蠢是结伴而行的。也许你觉得自己很有才，所以恃才傲物，对别人总是不屑一顾，但你是否知道有一句话叫作"闻道有先后，术业有专攻"？你能肯定自己每个方面都比别人要强吗？显然不可能。所以，不要自恃有才而随意评判他人，这会显得你非常愚蠢。再者说，你所谓的有才，很有可能只是你自己的一厢情愿而已，做人应该多听听别人的意见，当局者迷，旁观者清，其他人更能发现你的优点和不足之处。若一味地沉浸在自己的世界里，觉得自己就是真理，忽视旁人的感觉，绝对得不偿失，没有谁会喜欢高傲自大的人，如果不能学会谦逊，只会让自己和身边的人距离越来越远。

自己主导快乐

每个人的心中都有一把"快乐的钥匙",但我们却总是在不知不觉中把它交给别人掌管。

一位漂亮的女士抱怨说:"我活得很不快乐,因为先生公务繁忙,经常不在家!"

她把快乐的钥匙放在先生手里。

一位妈妈说:"我的孩子不听话,让我很生气!"

她把快乐的钥匙交在孩子手中。

一位职员说:"上司不赏识我,所以我感到非常绝望!"

这把快乐的钥匙被塞在老板的手里。

演员说:"观众对我不够热情,我不愿意再演下去!"

年轻人从商场走出来说:"那位老板的服务质量真差,我再也无法忍受了!"

这些人都做了相同的决定,就是让别人来控制自己的心情。

一位知名作家和朋友在报摊上买报纸,朋友礼貌地对报贩说了声"谢谢",但报贩却表情冷漠,一言不发。

"这家伙太没修养！"作家愤慨地说。

"他每天晚上都是这样的。"朋友解释道。

"那么你为什么还对他那么客气？"作家反问。

朋友答道："为什么我要让他决定我的行为？"

一个成熟的人，他能握住自己快乐的钥匙，不期待让别人使自己快乐，反而能将快乐与幸福带给别人。

JIAOYUTISHI
教育提示

人这一生，实际上都是为自己而活，并不是你身边任何其他人，所以，不要被他人主导了自己的快乐，你要做的是笑给自己看。我们并不能控制别人的行为，不能让他人如你自己所思所想的那样做，这也就意味着，我们不可能事事顺心。人生不如意之事本就占十之八九，如果你每件事都要伤心一阵，那你觉得自己还有多余的时间吗？如果你能自己主导快乐，如果你能时刻乐观、豁达，那么你便能用这种情绪去影响到身边的人，让他们也变得开朗起来，他们再把这种情绪传递给他们身边的人，就这样慢慢扩散，或许你能改变这个世界也说不定呢。

付出才能有所收获

　　王羲之自幼爱习书法，由父王旷、叔父王廙启蒙，七岁善书，十二岁从父亲枕中窃读前代《笔论》。王旷善行、隶书；王廙擅长书画，王僧虔《论书》曾评："自过江东，右军之前，惟廙为最，画为晋明帝师，书为右军法。"王羲之从小就受到王氏世家深厚的书学熏陶。

　　王羲之早年又从卫夫人学书。卫铄，师承钟繇，妙传其法。她给王羲之传授钟繇之法、卫氏数世习书之法以及她自己酿育的书风与法门。《唐人书评》曰："卫夫人书如插花舞女，低昂笑容。又如美女登台，仙娥弄影，红莲映水，碧沼浮霞。"今人沈尹默分析说："羲之从卫夫人学书，自然受到她的熏染，一遵钟法，姿媚之习尚，亦由之而成，后来博览秦汉以来篆隶淳古之迹，与卫夫人所传钟法新体有异，因而对于师传有所不满，这和后代书人从帖学入手的，一旦看见碑版，发生了兴趣，便欲改学，这是同样可以理解的事。可以体会到羲之的姿媚风格和变古不尽的地方，是有深厚根源的。"

王羲之善于转益多师,当他从卫夫人的书学藩篱中脱出时,他已置身于新的历史层面上。他曾自述这一历史转折:"羲之少学卫夫人书,将谓大能;及渡江北游名山,比见李斯、曹喜等书;又之许下,见钟繇、梁鹄书;又之洛下,见蔡邕《石经》三体书;又于从兄洽处,见张昶《华岳碑》,始知学卫夫人书,徒费年月耳。……遂改本师,仍于众碑学习焉。"从这段话可以看到王羲之不断开阔视野、广闻博取、探源明理的经历和用心。

　　王羲之志存高远,富于创造。他学钟繇,自能融化。钟书尚翻,真书亦具分势,用笔尚外拓,有飞鸟骞腾之势,所谓钟家隼尾波。王羲之心仪手追,但易翻为曲,减去分势。用笔尚内抵,不折而用转,所谓右军"一搨直下"。他学张芝也是自出机杼。唐代张怀耿曾在《书断》中指出这一点:"剖析张公之草,而浓纤折中,乃愧其精熟;损益钟君之隶,虽运用增华,而古雅不逮,至研精体势,则无所不工。"王羲之对张芝草书"剖析""折中",对钟繇隶书"损益""运用",对这两位书学大师都能"研精体势"。沈尹默称扬道:王羲之不曾在前人脚下盘泥,依样画着葫芦,而是要运用自己心手,使古人为我服务,不泥于古,不背乎今。他把平生从博览所得秦汉篆隶的不同笔法妙用,悉数融入于真行草体中,遂形成了他那个时代最佳体势,推陈出新,更为后代开辟了新天地。这是王羲之"兼摄众法,备成一家"因而受人推崇的缘故。

王羲之为什么能够成为一代书圣？从文中我们可以看出，他的成就来自于他从小以来的努力付出。自幼爱习书法让他很早就能体会到文字的魅力，在日后的学习中，他更是博览各种书帖，认真钻研其中的特色。他看书帖并不是单纯的临摹，而是吸收其中于自己有益的部分，进而慢慢形成自己的风格，最终超越古人，名垂千史。我们又有多少人，能够为了自己的兴趣而付出如此之多，大部分人估计都是浅尝辄止，一边感慨为什么别人能够做到那么好，而自己却不行，一边贪图安逸，不肯付出一丝一毫，最后把原因归咎于别人天生就该如此，一切都是自己命不好，想想是多么可笑。有一句话说得好，付出了不一定有回报，但是如果不付出，那就一定没有回报。可惜现在的人大多比较浮躁，很少能够认识到其中的道理。

怎样才能做一名好官

子张是孔子的学生，是一个积极追求闻达于世的人。一天他问孔子："怎样才能做官呢？"

孔子说："做官最难得的就是使自身平安并获取美好的名声了。"

子张接着问："如何才能使自身平安并获得美好的名声呢？"

孔子说："君子做官有六条应该遵守的行为：有好处的时候不要自己独占；教育不聪明的人的时候，不要超过他的接受能力而贪图快速；已经出现过的错误不要再犯；话说错了不要强词夺理地为之辩解和顽固地坚持；是非曲直不易辨明的官司不要乱判；日常事务不要往后推脱。"

子张问："老师认为仅仅这样就够了吗？"

孔子说："不够，君子做官还有七条是应该避免的：愤怒的时候不要责怒他人，否则矛盾就会由此产生；不要拒绝他人的规劝，否则考虑事情就会过于片面；不要对别人不恭敬，否则的话，就会丧失礼貌；不要懈怠懒惰，这样就会错过时机；不要铺张浪费；不要不顾团结而破坏合作，这样事情会因此而做坏；不要做事情没有条理，否则就会乱忙一气，争执也会因此而酿成。"

子张又问："夫子认为是不是做到这些就够了呢？"

孔子说："不是这样的，为政要把应该遵行的六条和应该避免的七条熟记在心，还要把这些原则体现到自己的为政实践中，分辨清楚什么是好的，什么是坏的，然后趋利避害。这样做，你不要求人民报答，人民也会归附你，政事也会处理得当，就能够使自身平安并且获得美好的名声了。"

教育提示

当官是一个技术活，为什么有些人能够成为廉政亲民的好官？有些人一上任就贪污腐败？有些人一心想做一个为民的好官，最后却落得一个不好的名声？在文中，孔子用为政应该遵守的六条行为和应该避免的七条行为对这一现象做出了解释。我们可以看出，当官实际上是很难的一件事，并不像人们想的那么简单，就像做人一样，其中也包含着许多大道理。

神童也有可能变为常人

明朝初年，出了个著名的神童，他的名字叫作季子壮，由于他小小年纪便能将所读过的书背诵如流，学过的东西过目不忘，稍微受到一点启发便能够举一反三，触类旁通，再加上吟诗作画无一不能，没过多久，季子壮的名字就传遍了全国。他的父亲季丘，看到儿子如此有出息，就整天把儿子奉若神明似的，真是捧在手里怕吓着，含在嘴里怕化了，逢人就夸耀说："你看我的儿子，他真的神啦！天下的书，没有他不懂的；天下的人，没有比他更聪明的啦！"

当时有位著名的学者叫庄元臣，他曾经做过太子太保，知识渊博，知书达理，是位著名的教育家。庄元臣和季子壮的父亲季丘是多年的好友，经常来季家做客，和季丘在一起饮酒聊天。看到季丘如此将季子壮视为掌上明珠，整天地吹嘘自己的儿子，而不是让他好好地读书用功以求上进，就对季丘说："贤侄确实天资聪慧啊，像他这样的孩子还真是不多见的。应该让季子壮好好

地用功读书，从小培养他勤奋好学的良好习惯，教育他
要谦虚，要尊师重道，这样才能够在不久的将来成就一
番大的事业，才能够日后为国家出力，为百姓的安居乐
业做贡献啊。如果只顾四处宣扬他的长处，夸耀孩子如
何如何的聪明，而忽视对孩子各方面的启发和教育，必
然会贻误孩子的前途，你整天四处夸耀子壮，又不教他
好好地学习新知识，这样对他的成长有什么好处呢？我
看如果继续下去的话，这孩子早晚会吃亏的。"

　　庄元臣的良谏并没有引起季丘丝毫的重视，季丘心
想，我有个好儿子，他聪明好学，比同龄人强出一大截，
给祖宗争了光，给家里添了彩，我当然要好好地表扬他
了；你没有这样的儿子，是不是嫉妒我们家呀！想到这
里，季丘便把庄元臣的话当作耳旁风给忘记了，他依旧
每日里四处宣扬自己儿子的聪明，觉得季子壮现在就如
此声名远播，将来肯定能够成就一番了不起的大事。整
天沉迷在夸耀和赞扬声中的季子壮根本就不学习新的
知识，而是每天跟着父亲四处走亲访友，和别人高谈阔
论。过了大约十年的光景，不求上进的季子壮已经变得
和平常人没有什么不同了，那个昔日的神童，已经被他
的父亲培养成了一个非常普通非常一般的年轻人了。
这个时候，做父亲的季丘才想起当年庄元臣说过的话，
只好登门求教。庄元臣说："这并没有什么奇怪的，即便
有质地精良的剑，如果不好好地磨砺它，它也不会削铁

如泥；即便有上好材料制造成的弓，如果不用器具矫正，它也不能够百发百中的啊。孩子的成长也是这个道理，子壮小的时候天资非常聪明，是个好料子，可是你并没有好好地培养教育他，所以长大以后，他就和别人没有什么不同了。"

JIAOYUTISHI
教育提示

相信很多人都见过这样的案例，小学时候某某同学成绩特别好，语数双百从不落下，其他人只能仰视；到了初中，慢慢变得平常，不再那么出众；再到高中，甚至不如自己，完全看不出他以前会有多么优秀。这种现象和文中季子壮由神童变成普通人的情况非常相似，庄元臣也对具体的原因做出了解释。在他看来，一个小孩不管多么天才，如果不能虚心接受更多的教育，努力学习新的知识，早晚都是会吃亏的。这也是告诫我们，不要被眼前的名利所迷惑，当你迷醉当前，不思进取时，其他人已经默默地超过了你。

永远都要积极进取

　　为了给父母分忧,10岁的卡内基(后来的美国钢铁大王)进了一家纺织厂当童工,周薪只有1美元20美分。后来,他又干起了挣钱稍多一点的工作:烧锅炉和在油池里浸纱管。油池里的气味令人作呕,灼热的锅炉使他汗流浃背,但卡内基还是咬着牙坚持干下去。当然,他并不甘心如此潦倒一生,而是奋发图强,积极进取。

　　卡内基在白天劳累一天后,晚上还参加夜校学习,课程是复式会计记账法,每周3次。这段时期他所学的复式会计知识,成了他后来建立巨大的钢铁王国并使之立于不败之地的法宝。

　　1849年冬天,一天晚上,卡内基上完课回家,得知姨父传来话,匹兹堡市的大卫电报公司需要一个送电报的信差。他立刻意识到,机会来了。

　　第二天一早,卡内基穿上崭新的衣服和皮鞋,与父亲一起来到电报公司门前。他突然停下脚步,对父亲说:"我想一个人单独进去面试,爸爸你就在外面等我

吧。"原来,他担心自己与父亲并排面谈时,会显得个子矮小,同时,他也怕父亲讲话不得体,会冲撞了大卫先生,从而失去这个难得的机会。

于是,他单独一人上到二楼面试。大卫先生打量了一番这个矮个头、高鼻梁的少年,问道:"匹兹堡市区的街道,你熟悉吗?"

卡内基语气坚定地回答:"不熟,但我保证在一个星期内熟悉匹兹堡的全部街道。"他顿了顿,又补充道:"我个子虽小,但比别人跑得快,这一点请您放心。"

大卫先生满意地笑了:"周薪2.5美元,从现在起就开始上班吧!"

就这样,卡内基谋得这个差事,迈出了人生的第一步。这时,他年仅14岁。

在短短一星期内,身着绿色制服的卡内基实现了面试时许下的诺言,熟悉了匹兹堡的大街小巷。两星期之后,他连郊区路径也了如指掌。他个头小,但腿很勤快,很快在公司上下获得一致好评。一年后,他已升为管理信差的负责人。

卡内基每天都提早一小时到达公司,打扫完房间后,他就悄悄跑到电报房学习打电报。他非常珍惜这个秘密学习的机会,日复一日地坚持着,很快就熟练掌握了收发电报的技术。后来他被提升,成了电报公司里首屈一指的优秀电报员。

当年的匹兹堡不仅是美国的交通枢纽,而且是物资集散中心和工业中心。电报作为先进的通讯工具,在这座实业家云集的城市起着极其重要的作用。在每天走街串巷送电报、经常打电报的生活中,卡内基就像进了一所"商业学校"。他熟悉每一家公司的名称和特点,了解各公司间的经济关系及业务往来。

日积月累之中,他熟读了这无形的"商业百科全书",这使他在日后的事业中获益匪浅。因此,卡内基在回顾这段时期时,称之为"爬上人生阶梯的第一步"。

JIAOYUTISHI 教育提示

有谁能够想到一个纺织厂的童工,能够成为美国的钢铁大王。一个人取得的成就有多高,并不在于他人生的起点有多高。做童工的不只卡内基一个,但为什么只有他取得了如此非凡的成就呢?从文中我们可以看出,他无时无刻不在学习,都在进取。别人发电报可能会发一辈子,他却从中看出了各个公司之间的经济关系和业务往来,这并不是一件难如天堑的事情,关键在于你愿不愿意去了解,愿不愿意去想。机会永远都属于那些善于进取的人,得过且过注定平淡一生。

盲人的痛苦

庆乙是辽宁的一位盲诗人,他与来自全国各地的另外13个人一起,参加了诗刊社第十八届青春诗会。会议期间,安排一天时间参观黄山,庆乙坚持要去,我们都为他担心,高且陡的黄山,他一个盲人,怎么上啊?虽然他带了弟弟来,但我们还是不放心。最后庆乙还是去了,他弟弟扶着他,他比我们所有人都认真地爬,光明顶他去了,莲花峰也去了,一线天过了——特别是过一线天的时候,脚稍一打滑,就有栽下来的可能,只可容一个人过的空间,一个什么也看不见的人的艰难可想而知了。我甚至在下面做好了营救的准备。最后,他过了,没有借助任何人的帮助。

说句实话,我们那天去的时候,黄山晴得厉害,没有云海,黄山的美,少了许多。虽然大家不说出来,但那份遗憾,心知肚明。唯有庆乙比所有人都高兴。他说他看到了黄山,像想象中一样的美,是的,他因为没有看见,他才可能有那份想象。

后来与他聊天，我说："你的世界我不可想象，没有一丝光，万物对你来说，都是没有模样的。甚至，你连最亲爱的人的样子，也看不到。一切只有手感。更何况，有些东西，是你根本无法去感觉的……"

庆乙笑了，他吐了一口烟说："是的，和你们相比，我的世界痛苦得不得了，我不回避这种痛苦，但我更想说的是，我只有1/5的痛苦。"

1/5的痛苦？我不解。

"你想想，在五官当中，我只是眼睛这一官失明而已，所以，我只有1/5的痛苦，但是，就这1/5的痛苦，我也不觉得痛苦，正因为眼睛看不到，和别人相比，我才有更丰富的想象力，一个人能够始终活在自己的想象里，像鱼天天游在大海里，难道不幸福吗？"

我无言。

博尔赫斯在晚年什么也看不见，但谁又能否认，不正是这1/5的痛苦，才使他比我们所有人都看得更远更深，甚至，他看到许多我们看不到的东西。

其实，他们"1/5的痛苦"，也只是在我们俗人的眼光里是这样的，不客气地说，甚至是我们强加于他们的一种自以为是的判断。这样说，也并不是否定一个人的悲悯之心，而是想说，你悲悯别人的时候，是否也要想一想，和那些身体上有着这样那样的残障者相比，我们是不是比人家盲得更深、聋得更重、瘸得更狠……

JIAOYUTISHI
教育提示

在我们的印象中,总觉得所有的残疾人都活在痛苦之中,觉得他们因为丢失了正常人所拥有的部分功能,所以生活不便、内心消沉。但是文中的庆乙让我们对残疾人有了一个全新的认识,原来残疾人的很多痛苦,都是我们在心里强加给他们的。老天爷给一个人关上了一扇门,便会给他另开一扇窗,对于残疾人来说,虽然丧失了某些功能,却会加强其他方面的能力,当他们习惯了自己的生活,便没有那么多痛苦。当然,我们不能否认,在社会中还是有很多抱怨上天不公的残疾人,但是你有没有想过,即使是正常人,也有很多人整天觉得自己生活不悦。坚强豁达的人不管遇到什么困境都能勇敢面对,他们可能会有一段时间的痛苦,但是绝对不会让自己永远地沉沦下去,残疾不能打败所有人,关键还是看心态。

拒绝诱惑

有一次,杨澜采访崔永元:"你曾经遇到过最大的诱惑是什么?"

崔永元直截了当地回答:"钱,走穴。有人让我给那个楼盘剪彩,最高价开到了一剪子50万元。"

杨澜又问:"那你为什么不去呢?"

崔永元回答:"我觉得我抵御不住。我是没法抑制自己的一个人。所以我想,一旦我爱上了剪彩之后,谁都拦不住我。我唯一的办法就是别去碰它,别沾这个事。今天坐在你面前,我如实地告诉你,我还是非常爱钱的。真的,我就是不敢用这种方式去挣。"

崔永元这样说,很可能是他的谦虚谨慎,因为他从来不把自己说得如何高尚,一贯低调做人,高调做事;也很可能是他的肺腑之言,因为大多数人抵御诱惑的能力常常是有限的,是很薄弱的;还很可能既是他的谦虚谨慎,又是他的肺腑之言。但不管是哪种可能,崔永元的选择都是十分明智与可靠的:"别去碰它,别沾这个事。"

近朱者赤,近墨者黑;常在河边走,很难不湿鞋。每个人都会遇到最大的诱惑,战胜形形色色的诱惑最有把握的办法,不是坐怀不乱,而是远离诱惑。

教育提示

生活中充斥着各种各样的诱惑,很多人一不小心就踏进深渊,那些人出事后说得最多的一句话就是:早知道这样,当初就应该克制自己。是啊,若想自己禁得住诱惑,最好的办法就是决不去触碰它们。有了第一次,便有第二次,不要以为自己的自制力有多强,觉得尝试一下无所谓,你永远都无法想象诱惑对于一个人的吸引力有多强。贪婪是这一切的原罪,拒绝诱惑就是要抵制自身的贪婪。崔永元说自己是一个爱财的人,五十万元对他的吸引力大不大呢?当然大,并且是非常大,但是他克制了自己的贪婪之心,一次剪彩都没有去过,自然也就谈不上会沉溺其中。

从小的改变开始

当我清醒的时候,我的经纪人警告我,我必须主动地改变我生活中的每件事情,每一件! 于是,我以前穿牛仔裤,现在改成了宽松裤;以前穿西式衬衣,现在改成了 T 恤衫。但是,只有一样,我不能也不愿意放弃,那就是我的牛仔靴子。

我走到经纪人面前说道:"我常常饮酒,只是为了减轻我双脚难以忍受的痛苦,你知道,这是我多年的老毛病了,医生说这是因为我患了筋膜炎,所以,这痛苦和牛仔靴子绝没有任何关系。我向你保证,即使我穿着这双无辜的靴子,我以后也绝不会再醉酒了。我确实愿意改变很多事情,如果需要的话,我甚至愿意放弃这双靴子,但它们确实是无辜的。"

我的经纪人面无表情地说道:"我不知道它们为什么无辜,也不知道你继续穿着它们能不能再不醉酒,我能对你说的是,你依然不情愿改变你的一切。"

"好吧,好吧,"我连忙说道,"我证明给你看,我保证在一个月内不再穿这双牛仔靴子,当然,这只是为了表明我确实有改变的意愿。"

于是,我买来了一双网球鞋,我做到了。在30天的时间内,我一次都没穿过那双我酷爱的牛仔靴子,而一直都穿着那双新买的网球鞋。奇怪的事情发生了:我的脚不疼了! 就这样,我不再酗酒,我放弃了所谓上流社会的生活装束。我没认真反思过,是不是那双牛仔靴子使我的脚痛苦不堪,或者,是不是它让我的生活充满了痛苦。但事实是,我彻底放弃了它。从最初的被动,到现在的自觉自愿。30天过去了,60天过去了,90天过去了……我的生活没有了痛苦。

现在,我坚持有意识地尝试着做些小改变,因为我知道,小改变确实改变了我的生活。

教育提示

改变生活中的每一件事,换掉那双珍爱的牛仔靴子,多年的老毛病居然就此好了。衣服装束仅仅只是一点小小的改变,却就让人不再痛苦。有时候,我们的确需要改变自己的选择,舍弃一些我们曾经坚持的东西,选择去尝试一些新的事物,一点小小的改变,说不定就会让你发现这个世界不一样的风景。

爱护大家的财物

　　小刚正在与小明聊天，可当他准备起身的时候，椅子却粘在屁股上一起起来了。小明仔细一看，原来是一块口香糖粘在了小刚的裤子上。谁这么不讲文明呢？小明和小刚一起用力拔，终于把口香糖拔了下来。小明在一旁开玩笑似的与小刚谈论关于口香糖的这件事，可是小刚却闻到一阵刺鼻的臭味。

　　顺着味道，小刚将目光落在了小明的桌子底下。小刚问："小明，是不是什么东西在桌子下发霉了？"小明说："不可能。"说着，小刚就和小明在桌子下找了一遍。结果，在小明的桌子下面，发现了已经发霉的鸡蛋。这时，小明不再说什么了。

　　小刚与小明都被不爱护公物的人给害了，他们的亲身经历告诉我们，爱护公物是多么重要。不知你们是否看到楼道上、教室里的墙壁污迹斑斑，再看课桌椅，更是不堪入目，它们仿佛都在控诉着人们所犯下的"罪行"……破坏公物是一种不道德、不文明的行为。陶铸

先生曾经说过："一个人有了崇高伟大的理想，还一定要有高尚的品德。没有高尚的品德，再崇高再伟大的理想也不能达到。"

我们想要健康地成长，想要将来在事业上有所成就，首先必须严格要求自己，从小就培养爱护公物，节约水电，反对破坏公物的好习惯。

再说，公共财物是大家共有的，不是哪个人的，谁都不能任意毁坏，因为它是我们大家的，是为我们每个人服务的。所以，我们人人都有保护公共财物的责任；如果有人破坏公共财物，谁都有权利制止这种不文明的行为。

最重要的是要树立公共财物是国家和集体的财产，是神圣不可侵犯的这一观念。有了这一观念，你就会自觉地把爱护公共财物当作一项责任，处处爱护公共财物。

爱护公共财物是我们每一位同学都应尽的义务。在我们身边，你会发现很多这方面的榜样，这些懂得爱护公共财物的小英雄永远值得我们学习。

我们一定要做到，只要是公共财物，不管是一草一木，还是一桌一凳，我们都要善待它们，像爱护自己的财物一样爱护它们，做一个爱护公共财物的文明少年。

　　公共财物遭到破坏对我们的生活造成了严重的负面影响，任谁也不想看到那污迹斑斑的教室墙壁。公共财物不是我们某一个人的，而是我们大家共有的财物，若是某个人破坏了公共财物，损害的则是全部人的利益。所以说，爱护公共财物是我们所有人的义务，保护公共财物、制止破坏公共财物的行为更是我们每一个人都必须去做的事情。这不仅仅只是单纯的责任感，更是一种高尚品德的体现，从大的方面来说，一个人只有拥有高尚的品德，才能实现崇高的理想。

播种习惯，收获人生

　　法国的德·布封，年轻时智力平平，反应迟钝，少有天赋。加之家境优越，生性懒惰，人们都认为这个纨绔子弟最终会是个只会吃喝玩乐的花花公子。但他不想碌碌无为，虚度一生，想致力于科学研究。起初，人们都拿他的话当作玩笑，认为他是痴人说梦。他的智商高低暂且不论，单凭他早晨爱睡懒觉的习惯就让人看不起他。仆人们私下都说，他要是能研究科学，猪也能算账。面对人们的讥讽，布封对他的用人说："等着吧，我说到做到，等我成功了，你们就会为自己所说的话而悔恨不已！"

　　布封有的是时间，也有的是财富。但他也为早晨睡懒觉浪费时间而苦恼，要想成功，看来得改掉这个习惯。但习惯是一种顽症，要想根治它，谈何容易。他斗争了很长一段时间，结果早晨还是起不来。不是起不来，是他从心里不想起，还想睡一会儿再起，结果一睡就睡到了11点。为了让自己早起，他要佣人约瑟夫在早晨6点以前把他叫醒，并把他弄起来，做到了就奖他一个克朗。但当约瑟夫叫他时，他却装病不起，还假装生气让约瑟夫不要打扰他睡觉。等他起床后发现已经11点时，他大为恼火，训斥约瑟夫没有把他叫起来。于是，约瑟夫铁下心来要挣那一克朗。他再也不怕主人的威胁，也不管他可怜巴巴的哀求，硬是一次又一次地强迫他起来。有一次，布封赖在床上怎么也不肯起来，约瑟夫立马端来一盆冰水倒进他的被窝里，这种办法立见奇效。通过约瑟夫的种种努力，布封终于克服了睡懒觉的习惯。

在以后的40多年的时间里，布封从上午9点一直工作到下午2点，又从下午5点工作到晚上9点，天天如此，从不间断。久而久之，他养成了这种习惯。几十年如一日，完成了伟大的著作《自然史》，不仅在自然史方面取得了卓越成就，而且创作颇丰，成了一个令人瞩目的著名作家。

人应当成为习惯的主人，而不是它的奴隶。塞内加尔作家菩德吉说："播种一个行动，你会收获一个习惯；播种一个习惯，你会收获一种个性；播种一种个性，你会收获一个命运。"习惯是一粒种子，播种一个良好的习惯，你就会收获一个美丽的人生。

　　不知有多少人像布封一样有睡懒觉的习惯？能够像他一样下定决心改变这个坏习惯的又有多少呢？人就是这样，有些事情明明知道是错误的，但却无法下定决心去改变，等到因此付出代价的时候，又后悔莫及。万事万物都分好坏，习惯也是这样，若想让自己活出风采，就得保持好的习惯，纠正错误的习惯。对于习惯的重要性，我们并没有夸大其词，布封是一个例子：如果他一直都是那个好吃懒做的"富二代"，是绝对不能取得那些成就的，正是因为他改变了自己爱睡懒觉的坏习惯，形成了每天早晚读书的好习惯，他才能实现自己的梦想，让所有人都对他刮目相看。其实你仔细想想，生活中还有很多其他的案例，那些成功人士，或多或少都有一两个优秀的好习惯。既然想通了这点，那就赶紧行动吧！

坚守人生道路

未装有线电视的日子,妻每晚看电视总是锁定中央一台或地方台。无论广告、新闻、电视剧,她都看得津津有味,直到电视屏幕上出现"再见",她才慵懒地喊我一声——请关掉电视。

可自从装了有线电视,精彩的电视节目纷至沓来。然而,每晚妻再看电视,总是不停地按手中的遥控器,电视节目换来换去,耐心也随着调台变得越来越差,注意力更是走马观花。她越是调台越感觉没意思,睡意渐渐侵袭了她。因而,往日聚精会神爱看电视的妻,躺在床上,看不了多久,就任凭电视播放,她却酣然入梦了。

每晚看到电视在播放,妻却握着遥控器睡得正香的样子,我就禁不住沉思起来——是什么令妻如此快速地进入梦乡呢?

其实,自从装了有线电视,妻很难再坚持往日的一个电视台一看到底,她不停地换台,不停地选择,究竟想看什么,或许她自己也不清楚,东看一个节目头,西看一个节目尾，最终，她被睡意侵袭了。

人生亦有自己的频道，有些人守着自己的人生频道，凭着执着、持久，守过了平庸沉闷，等来了自己人生的精彩——成功；而有些人不停地选择，忽略了执着，变得浮躁，虽说他们是想在选择中寻找自己人生的"黄金强档"，可在连续不断的选择中却失去了坚守自己的追求，变得烦躁，东一榔头西一耙子，最终一次次与自己人生的精彩擦肩而过——失败。

教育提示
JIAOYUTISHI

以前没有选择的时候，妻子往往能够坚持一个频道，直到"再见"。后来选择多了，妻子反而不知道看哪个频道好了。人生的道路也是这样，有时候选择多了，你就不知道该怎么走了，茫然地在众多人生的道路之间徘徊，还没等你做出选择，人生的精彩就过去了，只有坚守自己的道路，才能在自己的人生之中一次次博弈自己的灿烂时光。

错误估价

那时，我是个7岁的孩子。在一个假日里，同伴们往我口袋里装满了铜板，我立即向儿童玩具店跑去。路上，我瞧见别的孩子手里拿着哨子。哨子吹出的声音把我迷住了，我就把铜板统统掏出来，换了一个哨子。我回到家里，一蹦三跳地吹着哨子跑遍全屋，为此颇为得意，不想妨碍了一家人。我把买哨子所付的钱告诉了兄姐和堂哥堂姐时，他们说我付了四个哨子的钱，还对我说多付的钱本来可以买许多好玩的东西。他们取笑我做了蠢事，把我气得哭了起来。甚至一想到这件事，我所感到的羞辱便大大超过了哨子带给我的乐趣。

然而，一直印在我脑际的这件事，后来对我颇有益处，每当别人引诱我去买一些我用不着的东西时，我便常常告诫自己："别为哨子花太多的钱。"我把钱省了下来。及至长大成人，来到大千世界，观察人的一举一动，我想，我遇到了许许多多"为哨子付出了太多的钱"的人。有的人渴望得到宫廷的青睐，把时间浪费在宫廷会议上，放弃休息、自由、美德，甚至朋友，我认为，这种人为他的哨子付出了过高的代价。有的人争名夺利，时常参与政事，忽视自己的本职工作，最后因此而堕落，我认为，这种人为他的哨子付出的代价实在太高。

有的人热衷于修饰仪表，讲究衣着，欲置备美轮美奂的住宅，精雕细琢的家具和富丽堂皇的马车又力所不能及，结果弄得自己债台高筑。"哎呀，"我感叹道，"他为他的哨子付出了太高太高的代价。"总而言之，人类一切痛苦之事，大都由于对事情的错误估价，亦即"对他们的哨子付出了过高的代价"——因小失大。

教育提示
JIAOYUTISHI

哨子本来不值那么多钱，但却因为一时的喜爱和冲动，小孩就为此付出了四倍的金钱，这么一个过高的价格，实在是损失惨重。我们生活之中的很多东西也是一样，它并没有你想象之中的那么有价值，却可能因为你一时的喜欢，而对它付出了远超过这个价值的东西，我们应该慎重考虑，谨慎选择，千万不要捡了芝麻，丢了西瓜。

越挫越勇

多年前,父亲在房前的场地上栽了一棵枣树,又在屋后庭院里栽了一棵枣树。两棵枣树同一年开花结果,秋天到了,树上挂满了红的和青的枣子。

长在庭院里的那棵枣树因为有了围墙的保护,没遭村里小孩的骚扰;屋前的那棵枣树,却逃不过被抽打的厄运。那些贪嘴的小孩禁不住红枣的诱惑,又畏惧枣刺,便举起竹竿猛抽枝条,抽得红枣跌落,枣枝乱颤,地下一大片一大片的枣叶,甚是凄凉。

过不了多长时间,屋前那棵枣树上的青枣所剩无几,枣叶几乎落尽,整棵枣树也似乎奄奄一息,而后院的那棵枣树却红枣盈枝,一摇,遍地都是红果。

第二年春天,门前的那株枣树又抽出了新芽,我真为它还活着而庆幸。两棵枣树又都开了花,然后结了果。我仔细地观察这两棵枣树,却发现了一个奇怪的现象:门前那棵遭抽打的枣树结的枣子竟然比庭院后未被抽打的那棵枣树多一倍。父亲告诉我这样一个生活经验:枣树有一个怪脾气,越是抽打它的枝叶,来年结果越多。用竹竿抽打枣枝是缘于其枝头结满了诱人的红枣,不结果是可以免除竹竿一年一度的抽打的。

生活中优秀的人也如是,正因为优秀才招来嫉妒和诽谤,甚至于莫名的打击和压制。真正的优秀者就像一株枣树,任凭外界的抽打,依然在来年的枝头结满红红的香甜的果子。

教育提示 JIAOYUTISHI

长在庭院里的枣树就好像温室里面的花朵一样,虽然照样成长,开花结果,但是毕竟缺少风雨的洗礼,也就没有房前枣树那种受尽鞭打,奋力生长的拼搏精神,所以,随着时间的增长,两棵枣树之间的差距将会越来越大。我们也是一样,真正的优秀者,往往都是那些经历过挫折和磨难之后,依旧仰头挺立的人,没有经历过风雨,怎么能看到彩虹?

遵时守信

1779 年，德国哲学家康德计划到一个名叫珀芬的小镇去拜访朋友威廉·彼特斯。他动身前曾写信给彼特斯，说 3 月 2 日上午 11 点钟前到他家。

康德是 3 月 1 日到达珀芬的，第二天早上便租了一辆马车前往彼特斯家。朋友住在离小镇 20 千米远的一个农场里，小镇和农场中间隔了一条河。当马车来到河边时，车夫说："先生，不能再往前走了，因为桥坏了。"

康德下了马车，看了看桥，发现中间已经断裂。河虽然不宽，但水很深，而且结了冰。

"附近还有别的桥吗？"他焦虑地问。

"有，先生。"车夫回答说，"在上游 10 千米远的地方还有一座桥。"

康德看了一眼怀表，已经 10 点钟了。

"如果走那座桥，我们什么时候可以到达农场？"

"我想要 12 点半。"

"可如果我们经过面前这座桥，最快能在什么时间到？"

"不用 40 分钟。"

"好！"康德跑到河边的一座农舍里，向主人问道："请问您的那间破屋要多少钱才肯出售？"

"您会要我简陋的破屋，这是为什么呢？"农夫大吃一惊。

"不要问为什么，您愿意还是不愿意？"

"给 200 马克吧！"

康德付了钱，然后说："如果您能马上从破屋上拆下几根长的木条，20 分钟内把桥修好，我将把破屋还给您。"

农夫把两个儿子叫来，按时完成了任务。

马车快速地过了桥，在乡间公路上飞奔着，10 点 50 分赶到了农场。在门口迎候的彼特斯高兴地说："亲爱的朋友，您真准时。"

JIAOYUTISHI 教育提示

由于桥出了问题，康德本来应该十二点半才能到达农场，但因为他在信中与朋友约定的时间是十一点之前，所以他用尽一切办法来让自己按时到达，这不仅仅是对朋友的承诺，更是一个人自身遵时守信品质的体现。每次的遵时守信都是对他人的一次尊重，而尊重他人的人，才能获得真正的友谊。

聪明狐狸笨老虎

有一天，狐狸在大山里见好多动物们在一起玩，就走过去说："你们说，这大山里谁最厉害？"大家异口同声回答："老虎！"狐狸说："不对不对，老虎没有我厉害！"大家就说："去，吹牛吧你。"狐狸说："你们不信是吧？跟你们说，过不多久，我就要把老虎牙齿全拔下来，你们就等着瞧好了。"

大家还是不相信，说狐狸准是吹牛说大话。

可是，没过多久，狐狸真就这么去做了。

狐狸买来好多糖果天天给老虎吃，老虎好高兴，说狐狸是他最好的朋友。

老虎天天吃着糖果，连晚上睡觉也把糖果含在嘴里。没过多久，老虎忽然牙痛了，痛得好厉害。老虎就去找牛大夫治病。老牛看见老虎来找它，吓得拔腿就跑。这时候，狐狸穿着大白褂子走来了，它对老虎说："你牙齿痛是吧，要不要我给你治，我可是个好医生呢。"

老虎听了急忙说："好，好，快点治吧，我都痛得快要撑不住了。"于是，狐狸找来一根结实绳子，一头把老虎牙齿一个个全拴好了，一头牢牢系在树上。又找来一挂鞭炮，缚在老虎尾巴上，点着了火柴。只听"啪啪……"一阵响，吓得老虎拔腿就跑。这一跑，把满口牙齿全给拔了下来。从此，老虎再也没有牙齿了。

过了几天，老虎嘴巴不痛了，又看见狐狸，就说："你是怎么治病的，当时都要把我痛死了。"狐狸说："可是你现在不痛了，对吧？要不是我，你要天天牙痛，一直痛到现在呢。"老虎想想也对，就说："是呀，要不是你，我这时候牙肯定还痛呢。还是你对我最好，够哥们儿。"

狐狸听了暗暗发笑，心里说："这个傻瓜蛋，它忘记是我送给它糖果吃，才吃坏了牙齿的。可谁让它那么贪吃，吃得太多了呢？哈哈……"

JIAOYUTISHI
教育提示

狐狸不断地给老虎送糖果，就是为了让不注意牙齿卫生的老虎长蛀牙，长了蛀牙之后的老虎自然就需要拔牙了，一来二去的，狐狸就完成了自己的企图，拔掉老虎的牙齿，而老虎在牙齿被拔掉之后，不仅没有警觉，反而更加相信狐狸。我们在生活中，要特别警惕像狐狸这样的人，他们往往伪装得特别好，表面上是为了你好，实际上却是在坑害你。

合理运用时间

那时我大约只有14岁，年幼疏忽，对于卡尔·华尔德先生那天告诉我的一个真理未加注意，但后来回想起来觉得它真是至理名言，因为我从中得到了不可估量的益处。

卡尔·华尔德是我的钢琴教师。有一天，他给我上课的时候，忽然问我："每天要练习多长时间钢琴？"我说大约三四个小时。

"你每次练习，时间都很长吗？是不是有个把钟头的时间？"

"我想是的。"

"不，不要这样！"他说，"你将来长大以后，每天不会有长时间的空闲的。你可以养成习惯，一有空闲就几分钟几分钟地练习。比如在你上学以前，或在午饭以后，或在工作的休息期间，5分钟、10分钟地去练习。把练习时间分散在一天里面，如此弹钢琴就成了你日常生活中的一部分了。"

　　当我在哥伦比亚大学教书的时候,我想同时从事创作。可是上课、看卷子、开会等事情把我白天、晚上的时间完全占满了。差不多有两年我一直不曾动笔,我的借口是没有时间。后来我想起了卡尔·华尔德先生告诉我的话。

　　之后的那个星期,我就按他的话实践起来。只要有5分钟左右的空闲时间,我就坐下来写100字或短短的几行。

　　出乎我意料之外,在那个星期的终了,我竟积有相当数量的稿子等待我的修改。

　　后来,我用同样积少成多的方法,创作长篇小说。我的教授工作虽一天比一天繁重,但是每天仍有许多可资利用的短短空闲。我同时还练习钢琴,发现每天小小的间歇时间,足够我从事创作与弹琴两项工作。

　　利用短时间,其中有一个诀窍:你要把工作进行得迅速,如果只有5分钟的时间给你写作,你切不可把4分钟消磨在咬你的铅笔尾巴上。思想上事先要有所准备,到工作时,立刻把心神集中在工作上。迅速集中脑力,不像一般人所想象的那样困难。

　　我承认我并不是故意想使5分钟、10分钟随便过去,但是人类的生命是可以从这些短短的间歇闲余中获得一些成就的。

　　卡尔·华尔德对于我的一生有极重大的影响。

由于他，我发现了极短的时间如果能毫不拖延地加以充分利用，就能积少成多地供给你所需要的很长的时间。

JIAOYUTISHI
教育提示

五分钟、十分钟，对于一天二十四小时来说并不算长，甚至可以说很短，在这简短的时间内，你很可能做不成任何事情。可是，当这简短的五分钟、十分钟累积起来之后，所产生的影响将是巨大的。日复一日的五分钟、十分钟可以让你发展自己的兴趣，取得你所想象不到的进步。我们很多人都喜欢忽略这些简短的时间，因为觉得做不了什么，于是干脆什么都不做，这该是多么的浪费啊！很可能你就将自己的前途，葬送在了这每天的五分钟、十分钟内。所以，赶紧行动起来吧，每一分、每一秒都值得我们珍惜，都值得我们去合理运用，毕竟时间无法倒流，过去了就真的过去了。

尊重他人，遵守约定

有一个跨国公司向社会高薪招聘四名高级主管，应聘者不下千人。经过层层筛选，有四名优秀者被公司试用，然而，在第二天，他们又全都被辞退了。因为按公司规定，公司主管人员必须在早晨7点40分之前进董事长室，做当天的集体宣誓，然后再回各部门工作。他们感觉此举无非是一种形式，并没有太大的意义，上班的第一天他们竟然都迟到了。虽然最短的只迟到了十几秒钟，但结果是他们都得打道回府。于是，他们一起去找董事长理论。

公司董事长异常认真地告诉他们："不肯信守约定是生意人的大忌。不论你们多么有才能，我们公司是不会请一些言而无信的人来办事的！信守约定，是你尊重别人的表现，同时也是赢得别人尊重的一个资本。"

日本前首相田中角荣非常看重信守承诺，他最不能容忍的是不守时。田中年轻时，曾经跟一个姑娘谈恋爱，他被那姑娘深深地吸引了。有一次，两人约好10点在一个水果店门前见面,他提前10分钟到了。他四下瞧瞧,空荡荡的,不见那姑娘的身影。等到约定的时间,田中左顾右盼,对方还是迟迟不来。时间一分一秒地过去了,已经是10点22分了,田中不由得感到一阵遗憾,他为白白消耗掉的时间而惋惜,又为对方失约的无礼而恼怒。他暗暗打定主意,最多只能容忍她30分钟。可真是无巧不成书,田中刚决定离开,那姑娘就姗姗而来。田中下意识地看看手表,已经是10点31分了。虽然超过他定的时间"底线"一分钟,但是田中还是不能容忍她的不守时的行为,毫不犹豫地招手叫住一辆出租车扬长而去,这场恋爱便自动告吹。

诗仙李白在《长干行》一诗中云:"常存抱柱信,岂上望夫台。"借喻一年轻少妇对爱情和幸福的热切追求和向往。取信于人是一个人立身处世的基础,同时也是任何人所应具备的优秀品质。重信守诺是人际关系的通行证,是事业成功的助推器,也是幸福生活的保护神。

JIAOYUTISHI
教育提示

十几秒很短,可是却能决定你对于一件事的态度。遵守约定不只是对自己负责,更是对对方的一种尊重和重视。简单的一件小事,你都无法做到,别人又凭什么相信你能对公司、对家庭、对未来负责呢?

养成良好的垃圾处理习惯

从前,小兔、小猴、小猪和小羊在一起快乐地生活。他们的家门口有一条干净、清澈的小河。小伙伴们每天都在河里玩水、捉鱼和嬉戏,日子过得快乐极了。但是,有时候,小兔会把家门口的垃圾丢到河里;小猴会把吃完的香蕉皮扔进河里;小猪会在河里洗澡;小羊会把自己的粪便拉进河里。结果,小河变得越来越脏,终于有一天,河里的水变成了黑色,臭不可闻。小伙伴们再也不能在这里生活下去了,它们只好寻找新家。

像小兔他们这样的行为在我们的生活中也是屡见不鲜的。随着生活的富裕,垃圾的制造量越来越大。加上人们一些不好的生活习惯,使得垃圾的清理和处理也越来越困难和缓慢,因而造成了一定的垃圾污染。为了减少垃圾的数量,资源回收便成了每个国家所面临的重要问题。比如尽量少用纸杯或纸盘、食物尽量全部吃完、少用一次性的物品、到超市购物尽量自己携带袋子等。家庭垃圾是垃圾产生中的一大部分,如果每个家庭都能够培养良好的垃圾处理习惯，那么垃圾的污染就不会这样严重。因此，从小培养正确处理垃圾的习惯是非常重要的，它是反映一个人素质高低的重要依据。

JIAOYUTISHI 教育提示

小兔它们对生活垃圾的随意处理，让它们不得不离开曾经生活的地方，虽然后来重新找到了一个新的家园，但问题并未就此解决，一切都是治标不治本。如果它们还是继续随意处理自己的生活垃圾，那么等待它们的将是下一次的背井离乡。我们人类也是这样，如果我们不能养成良好的垃圾处理习惯，广泛地使用和丢弃一次性物品，那我们也终将会遇到小兔它们那样的窘境。无奈的是我们并没有能够迁徙的第二个地球村，如果我们的家园被毁了，那就真的无处可去了。所以说，不乱丢垃圾，学会将垃圾分类处理，变废为宝是我们每一个人从小就应该做到的事情！

脚踏实地做人，高标准做事

朋友在办公室的墙上挂了他自撰自书的条幅，上写：竖起桅杆做事，砍断桅杆做人。他说这是他的一次惊心动魄的经历的结晶。

他出生在渔民家庭，世世代代以出海打鱼为生。或者是家庭的熏陶，或者是男孩的天性，他从小就喜欢海，在海边拾贝壳，在海里戏水。他几次请求爷爷带他出海打鱼，可爷爷总是以他还小为借口拒绝。他懂得爷爷的心思，爷爷是怕他这根独苗发生意外。

他长大了，参加工作了，并且要远离家乡，到一个看不见海的地方。在等待行期的日子里，爷爷决定带他出一次海，一来了却他一向的心愿，二来让他去大海深处见识见识大海的博大，开阔他的心胸，或许对他的人生会有益处。

他非常兴奋，跟着爷爷跑前跑后，做好所有准备工作之后，在一个风和日丽的日子他们扬帆出海了。

大海深处，爷爷教他如何使舵，如何下网，如何根据海水颜色的变化辨识鱼群。可是天有不测风云，大海的脾气也让人捉摸不透。刚刚还晴空万里，风平浪静，突然就狂风大作，巨浪滔天，几乎要把渔船掀翻，连爷爷这个老水手都措手不及，吃力地掌着舵，同时以命令的口气大喊："快拿斧头把桅杆砍断，快！"他不敢怠慢，用尽力气砍断了桅杆。

没有桅杆的小船在海上漂着，直漂到大海重新恢复平静，祖孙俩才用手摇着橹返航。

途中，由于没有桅杆，无法升帆，船前进缓慢。他问爷爷："为什么要砍断桅杆？"爷爷说："帆船前进靠帆，升帆靠桅杆，桅杆是帆船前进动力的支柱；但是，由于高高竖立的桅杆使船的重心上移，削弱了船的稳定性，一旦遭遇风暴，就有倾覆的危险，桅杆又成了灾难的祸端；所以，砍断桅杆是为了降低重心，保持稳定，保住人的生命，人——是最重要的。"

行期到了，虽然离开了爷爷，但他把爷爷的话记在了心里，那次历险也在他心里扎下了根。

他的工作非常出色，得到了大家的拥护，一再升迁。他说："做事就像扬帆出海，必须高起点，高标准，高效率，就像高高的桅杆上鼓满风帆一样；做人则要脚踏实地，无论取得多大成绩，尾巴也不能翘到天上。高调做事，低调做人，每当春风得意之时，我总会想起那砍断的桅杆。"

做事要高调，做人则要低调。做事要像风帆一样，要把自己的目标竖得高高的，要像风帆一样把劲鼓得足足的，严格要求自身，无畏各种各样的困难，乘风破浪，勇敢向前；做人则要像暴风雨之中对待桅杆那样，尽管心中有百般不愿，但还是要砍倒它，因为只有降低重心，才能平平安安。高调做事，你会一次比一次优秀；低调做人，你会一次比一次稳健。高调做事是一种态度，一种坚信自己的选择，坚守自己的道路的态度，你做事不会被他人所影响，因为你一往无前；低调做人是一种品格，学会低调做人，就是不张扬，不造作，不卷进是非，不招人嫌弃，为人低调并非妥协懦弱，而是一种智慧，一种远见，一种对自己与他人的尊重！当然，大道理谁都会说，最重要的还是将这些道理真正用到自己的生活中去，空谈误国，空谈亦误人。